Philipp Walburg Kramer

Das Schwanenlied von Worms

Deutsches Trauerspiel in fünf Aufzügen

Philipp Walburg Kramer

Das Schwanenlied von Worms
Deutsches Trauerspiel in fünf Aufzügen

ISBN/EAN: 9783743374638

Hergestellt in Europa, USA, Kanada, Australien, Japan

Cover: Foto ©Andreas Hilbeck / pixelio.de

Philipp Walburg Kramer

Das Schwanenlied von Worms

Das

Schwanenlied von Worms.

Deutsches Trauerspiel in fünf Aufzügen.

Dieses Buch gilt als Handschrift.

Motto:
Sie sollen ihn nicht haben,
Den freien deutschen Rhein!

Trier.
Druck der A. Schönberger'schen Buchdruckerei.

Das
Schwanenlied von Worms.

Personen.

Trautwein, Bürgermeister der deutschen Reichsstadt Worms.
Mechthildis, seine Tochter.
Kaufhold, Statthalter.
Bertold, } Rathsherren.
Spielberg,
Schwertzunftmeister.
Backzunftmeister.
Bartscheerzunftmeister.
Schusterzunftmeister.
Manuel, Diener des Bürgermeisters.
Oelmüller.
Heinz, ein Knabe, sein Sohn.
Graf von **Crequi**, französischer Feldherr.
Marquise Flammande.
Oberst **Melac**.
Erster
Zweiter } französischer Soldat.
Dritter
Rathsherren. Zunft-Meister und Genossen. Volk. Französische Soldaten.

Zeit: 1688.

Erster Aufzug.

Halle im Rathhaus zu Worms.
Hoch oben ein Geländergang für die Zuhörer bei den öffentlichen Sitzungen. — Ringsum auf Stufen Erhöhungen für die Rathsmitglieder. — Der Haupteingang in der Mitte. — Zu beiden Seiten werden durch Treppen die Wege nach dem obern Stock der Flügel des alterthümlichen Gebäudes angedeutet.

Erster Auftritt.
Trautwein. Manuel.

Trautwein (heftig bewegt auftretend).
Mechthildis, Du mein arm' unselig' Kind!
Manuel. Wälzt nicht die Schuld des Mißgeschicks auf mich.
Trautwein. Unselig' Kind! Muß dieser Tag —? Oh, oh!
Manuel (mit flehender Geberde).
Herr Bürgermeister, glaubet meinem Wort!
Trautwein. Ich wünschte sehr, daß Du gelogen hättest.
Manuel. Ich bin in Eurem Dienste grau geworden.
Trautwein. Still davon. Mache mir den Kopf nicht wirr.
Manuel. Die schlimme Botschaft macht Euch Kopfweh, Herr.
Trautwein. Still! Dein Geschwätz durchkreuzt mir die Gedanken.
Manuel. Befehlt Ihr, daß ich mich entfernen soll?
Trautwein. Wann sich der Rath versammelt, rufe mich.
(Seitwärts ab.)
Manuel (allein).
Es packt ihn wie mit Eisenfäusten an.
Sein einzig Kind. Es ist ein harter Schlag.

Zweiter Auftritt.

Bertold. Manuel.

Bertold (haftig). Ha, Manuel! Erzähle mir! Mechthildis —
Ist's Wahrheit? Wie begab es sich? O rede.
Manuel. 'S ist leider wahr, Herr. Eure Braut Mech=
thildis —
Bertold. Ward aus dem Bade schnöde weggeraubt,
Von frevler gottverfluchter Hand entweiht?
O daß der Erdball bärste, mich verschlänge!
Manuel. Nicht aus dem Bade, Herr, ward sie geraubt;
Als es geschah war sie noch nicht entkleidet.
Bertold (ihn anfassend).
Erzähl' mir Wort für Wort wie Alles kam.
Manuel. Laßt meinen Arm; das schnüret wie ein Krampf.
Bertold. Mir schnürt ein Krampf das Herz zusammen. Rede.
Manuel. Ich hatte auf Befehl des gnäd'gen Fräuleins
Den leichten Kahn — die wälsche Fischergondel —
Vom Ufer losgebunden und gerüstet.
Bertold. O daß ich selbst ihr als Geschenk dies Fahrzeug,
Das sie entgegentrug dem Unheil —
Manuel. Freilich — !
Bertold. Nur weiter. Fuhret ihr an's and're Ufer?
Manuel. Das Fräulein selber ruderte gleich mir
Und lächelte hinauf zum blauen Himmel
Recht herzvergnügt, weil gar so leicht und lustig
Die Gondel auf den Silberwellen tanzte.
Flink waren wir den breiten Rhein hinüber.
Behende sprang sie auf den Kieselstrand,
Rief den Befehl mir hin, auf sie zu warten,
Und schritt leichtfüßig jenen Weiden zu,

Die zum Entkleiden als Versteck sie sich
Gewählt. Verlangend nach der kühlen Flut
Löste sie schon im Geh'n die Miederschnur;
Und eben als sie das Gebüsch erreicht,
Da springen drei bewaffnete Gesellen
Mit lautem Lachen plötzlich ihr entgegen,
Ergreifen, ach! und schleppen sie hinweg
So schleunig, daß der Hülferuf verhallt
Bevor ich zur Besinnung kommen kann.

Bertold. Fluch über diese wüsten Frankenhunde!
Nach Beute schnobernd, auf dem Bauche kriechend,
Sind sie 'mal wieder in die deutschen Gaue,
Die dunkle Nacht benützend, eingedrungen.

Manuel. Es hat die Zünfte wie die Herr'n vom Rathe
Der Bürgermeister herberufen lassen.
Seht den Herrn Statthalter schon eil'gen Schrittes!

Dritter Auftritt.
Kaufhold. Bertold.

Bertold. Nun, lieber Vetter, hörtet Ihr die Mähr?
Kaufhold. Wär's eine Mähr, allein es ist Geschichte.
Bertold. Wenn auch Historie, dennoch fabelhaft!
Meine Mechthildis schnöde weggeraubt —!
Ich hoffe, daß die Bürger wie Ein Mann,
Das Schwert umgürtend, sich erheben werden,
Dem dieb'schen Feind die Beute abzujagen.
Kaufhold. Ihr wißt nicht, guter Vetter, was Ihr redet;
Uns thut nicht Hitze, uns thut Klugheit noth.
Bertold. Verdammt sei Eure Klugheit wenn sie feige
Den Beistand mir versagt in solchen Nöthen!
Kaufhold. Der Sinn lag nicht in meinen Worten, Vetter.
Ihr wisset, daß ich Euch gewogen bin.

Bertold. Das hoff' ich; benn, Ihr wisset Eurerseits,
Daß Euch mein Güldensäckel offen steht;
Und gerne wög' ich, wenn Ihr es vermöchtet,
Mit Gold Euch meiner Braut Errettung auf.

Kaufhold. Bleibt mir zur Seite nur bei der Berathung,
Die gleich beginnen muß. Ich bin Eu'r Beistand.

Vierter Auftritt.

Kaufhold. Bertold. Schwertzunftmeister, Schuster-, Back- u. Bartscheerzunftmeister. Rathsherren. Zuletzt Trautwein.

(Im Verlaufe dieses Auftritts häuft sich die Zahl der Kommenden. Anfänglich bilden sich verschied'ne Gruppen eifrig Sprechender. Der Geländergang füllt sich mit Zuhörern).

Schwertzunftmeister (im Auftreten).
Grüß Gott, ihr Herren! Saub're Neuigkeit!

Bertold. Nicht wahr, Herr Schwertzunftmeister, schöne
Dinge?

Backzunftmeister. Es ist, mein Seel', um aus der Haut
zu fahren!

Schwertz. Ich stand am Ambos als die Nachricht kam
Und hätte nur gewünscht, ganz Frankreich läg'
Ein Weilchen unter meinem Schmiedehammer,
Daß ich aus Herzenslust und Leibeskräften
Darauf losklopfen und das Diebsgelüsten
Auf ew'ge Zeiten ihm vertreiben könnte!

Backz. Ich schöb' es gern' in meinen Backofen
Und briet' es braun wie ein Spanferkelchen!

Bartscheerz. Einseifen es und ihm den Hals abschneiden,
Das möcht' ich und mit wahrer Seligkeit!

Kaufhold. Wenn's wie ein Lamm geduldig stillehielte!
Herr Schwert-, Herr Back- und Bartscheerzunftmeister,
Was hilft dem Grimm ein übersprudelnd Mundwerk?

Schwertz. Meint Ihr, Herr Statthalter, wir wollten es
Beim derben Scheltwort so bewenden lassen?
Mein Sinn steht nach dem Schwertschlag und es sollen
Dem Schimpf die Hiebe folgen auf dem Fuße.
Bertold (ihm die Hand schüttelnd).
So wacker, hoff' ich, werden Alle denken!
Ein Herz, das sich ob solchem Thun nicht sträubte,
In wessen wormser Bürgers Brust auch schlüg' es?
Schwertz. In Keines, der die Stirne aufrecht trägt.
Kaufhold. Der Bürgermeister! Leut', auf Eure Plätze.
(Die Rathsherren und Zunftgenossen begrüßen den Bürgermeister
und nehmen alsdann auf den Stufen ihre Sitzplätze ein. Der Statt-
halter und ihm zur Seite Bertold befinden sich Trautwein gegenüber.)
Trautwein. Es grüß' Euch Gott, ihr Herren. Seid will-
kommen.
Ich hab' Euch herberufen weil die Kriegsnoth
Mit eh'rnen Schlägen an die Thore klopft.
Der alte Erbfeind Deutschlands: die Franzosen
Sind unvermuthet, trotz des tiefsten Friedens,
Gleich einem Wetterstral bei heiterm Himmel,
In mächt'gen Heeressäulen eingefallen
Am Rheinstrom hier in unsre deutschen Laude.
Der Graf von Crequi, der das Heer befehligt,
Lagert im Weichbild schon der Reichsstadt Worms.
Er hat sich nicht entblödet, einen Boten:
Den Oberst Melac vorhin mir zu schicken
Mit dem Verlangen, einem Theil des Heeres
Einlaß in unsre Mauern zu gestatten.
(Allgemeine Bewegung.)
Schwertz. Was, Einlaß?! An den Galgen mit dem Grafen!
Backz. Meint er, wir wären Narren?
Bartscheerz. Oder Hasen?

Schusterz. Nein, solche Zumuthung ist doch zu bunt!
Trautwein. Still, meine Freunde! Hört mich weiter an
Erlaubt mir, daß ich Euch gleich einem Spiegel
Entgegenhalte die Vergangenheit.
Seht an was jüngsthin erst geschehen ist
Und glaubet mir: es wird sich wiederholen
Wenn wir nicht treu und fest zusammensteh'n. —
Im Jahre sechszehnhundertneunundsiebzig
Hat der Franzosen König Ludwig der
Vierzehnte den Nimweger Frieden — ach,
Den heißersehnten! — unterzeichnet. Deutschland
Athmete auf und segnete den Frieden,
Der die geschlag'nen Wunden heilen sollte.
Allein nach kaum zwei Jahren, als die Türken
Im Osten Kaiser Leopold bedrängten,
Benützte Ludwig die Gelegenheit
Und raubte gegen alles Völkerrecht
Die deutsche Stadt Straßburg. Er riß sie los
Von unserm theuren Vaterlande wie
Ein weinend Kind vom treuen Mutterherzen.
Schon sieben Jahre sind seitdem verflossen
Und keine Sühne folgte der Gewaltthat.
Das reizet des Eroberers Gelüsten,
Und wieder streckt er gierig seine Hände
Nach unserm alten deutschen Vater Rhein.
Die freie Reichsstadt Worms, die Königin
Des großen vielgepries'nen Wonnegau's,
Wär' eine Perl' in Frankreichs Königskron'
Und lohnet einen nächt'gen Ueberfall.
(Aufflammend)
Fluch aber komme über jeden Deutschen,

Der seinem Vaterlande treulos wird!
Nein, nicht brandmarken soll die Nachwelt uns
Weil unsern Glauben wir verläugnet haben,
Den Glauben an das deutsche Vaterland!
Eh' soll die Hand verdorren, eh' wir sie
Selbstschänderisch darbieten zur Entwürd'gung
Der alten Heimat, unsrer Muttererbe!
Eh' treffe Todeskrampf das falsche Herz,
Eh' wir als Spießgesellen darein will'gen,
Daß dieser rhein'sche Gau französisch werde,
Daß deutsches Wort und deutsche Redlichkeit,
Daß deutsches Blut ein Spielball fremder Willkür
Im Strom der Zeiten untergehen sollen!
Wer unter Euch besäß' die freche Stirne,
Den heiligen Altar des Vaterlandes
Mit freveln Händen schamlos zu entweih'n?
Wer will es wagen, der Geschichte Tafeln,
Der tausendjähr'gen, die wir unser nennen,
Mit des Verrathes Kothe zu besudeln?
Wer will den Bruder an das Messer liefern?
Gelüstet's Einen nach dem Kainszeichen?
Nein, Euer funkelnd Auge blitzt mir's zu,
Daß Alle wir nur e i n e s Herzens sind,
Daß Jeder opferfreudig all' sein Blut
D'ransetzt, den deutschen Herd sich zu erhalten.
Und hab' ich wahr in Eurem Blick gelesen,
So streckt gleich mir die Rechte gegen Himmel
Und sprecht mir nach aus tiefstem Herzensgrund:
So Gott uns helfe, woll'n wir treulich halten
An unserm lieben deutschen Vaterland!

Wir wollen vor dem Tode nicht erzittern
Wenn wir für Deutschlands Heil verbluten müssen!

Alle (mit hohem Ernst).
So Gott uns helfe, woll'n wir treulich halten
An unserm lieben deutschen Vaterland!
Wir wollen vor dem Tode nicht erzittern
Wenn wir für Deutschlands Heil verbluten müssen!

(Feierliche Pause. — Viele halten sich in tiefer Rührung mit den Armen umschlungen.)

Kaufholb. Erlaubet mir, verehrter Bürgermeister,
Daß Namens unsrer ganzen Bürgerschaft
Ich Euch den Dank des Vaterlandes bringe.
Hochherzig und begeistert wie Ihr sprachet,
Habt unserm Muth Stahlhärte Ihr verliehn,
Habt mit dem Feuer Eurer schönen Worte
Die Herzen wunderbarlich uns erwärmt.
Auf jedem Antlitz les' ich edle Rührung,
Die noch erhöht bei dem Gedanken wird,
Den selbstverläugnend Ihr nicht ausgesprochen:
Daß Euer Vaterherz dem Vaterland
Ein größres Opfer, als wir Alle, bringt.
Es blieb die Kunde Niemandem verborgen:
Mechthildis, Euer einzig Töchterlein,
Die Zier, das Muster aller Bürgerstöchter,
Und Eurer Liebe würd'ger Inbegriff,
Schmachtet gefangen in des Feindes Hand,
Der unsern Trotz gewiß das arme Kind
Entgelten lassen wird.

Trautwein. Sprecht davon nicht.
Der Trauerfall soll mich allein nur treffen.

Bertold. Mich etwa nicht, den Bräutigam Mechthildens?
Mich, Euern Eidam, welcher Indiens Schätze
Hingeben würde für ein einzig Lächeln
Von ihrem Rosenmund, für einen Blick
Aus ihrem seelenvollen Engelauge!
Daß ich in Feindes Klau'n sie wissen muß,
Das wirft mich nieder, macht den Kopf mir wüst
Als klaffte darin eine tiefe Wunde.
Wenn Ihr mit meinem Leid Erbarmen habt,
Gestattet, daß die kühnsten Bürgersöhne
Ein Fähnlein bilden, das ich führen will
Mitten hinein in's Herz des Frankenlagers.
Kein Zelt bleib' undurchsucht, mit unserm Schwerte
Woll'n wir den Vorhang lüften, der sie birgt,
Und im Triumph die wundervolle Perle,
Die uns geraubt ward, wieder heimwärts führen!
Trautwein. Tollkühnheit, wahrlich, wäre solch Beginnen
Und unnütz würde kostbar Blut vergeudet.
Kaufhold. Tollkühnheit wär' es freilich sonder Gleichen,
Ein Häuflein blindbegeisterter Gesellen
Dem Feinde in den Riesenrachen jagen.
Nach meiner Ansicht bleibt ein Mittel nur,
Die Jungfrau aus Gefangenschaft zu retten:
Der Weg der Unterhandlung. Bietet Lösgeld.
Mein Rath ist: Lasset Euern Eidam hier
Den Oberst Melac, der, soviel ich weiß,
In diesem Hause der Entscheidung wartet,
Zur Stelle her in unsre Mitte führen.
Verkündet ihm mit ruh'ger Festigkeit,
Wie wir gedenken, Deutschland treu zu bleiben.
Er mag sich eignen Auges überzeugen,

Daß wir so einig als entschlossen sind
Und kann dem Grafen Crequi dann vielleicht
Von der Bestürmung einer Stadt abrathen,
Die eine heldenkühne Bürgerschaft
Bis auf den letzten Stein vertheid'gen will.
Mechthildis aber, Euer Töchterlein,
Wird ungefährdet uns zurückgegeben
Wenn wir uns artig nur erbieten wollen,
Solch etwa tausend Stück Goldvögelein
Flattern zu lassen, um es heimzuzwitschern.

Bertold. O daß um solchen Bettel ich den Schlüssel
Zu meinem Himmel mir erkaufen könnte!
Darf ich den Oberst holen?

Trautwein. Führt ihn her.
Er weilet droben in dem Kaisersaal.

Bertold (eilt die Stufen hinauf).

Kaufhold. Gebt acht, 's ist besser, einem bell'nden Hund
Ein Knöchlein vor die Schnauze werfen, als
Unwillig mit dem Stocke loszuschlagen
Und seinen grimmen Zahn herauszufordern.

Fünfter Auftritt.

Melac. Bertold. Vorige.

Melac. Ihr Herren habt mich lange warten lassen.
Trautwein. Herr Oberst, ich verkünd' Euch den Beschluß,
Den wir mit Einmuth faßten und beschworen.
Wir werden keinem fremden Kriegesvolk
In unsre freie deutsche Reichsstadt Worms
Einlaß gewähren.

Melac (lachend). Das ist drollig, lustig!
Das macht mir Spaß, so wahr ich Melac heiße!

Trautwein. Ich wüßte nicht, was Euch zum Lachen reize?
Melac. Ei, der Beschluß des hohen weisen Rathes!
Vernehmt nun auch, was wir beschlossen haben.
Unnöthig Blutvergießen zu verhüten,
Befahl mir Graf von Crequi, Euch den Vorschlag
Der Güte mitzutheilen: Ihr beherbergt
Fünfhundert Mann von unsern Leuten nur
In Euern Mauern und beköstigt sie,
Wofür die Kriegskass' Euch entschäd'gen wird,
Und jede Drangsal soll erspart Euch bleiben.
Kaufholb. Fünfhundert Mann nur? Ei, Herr Oberst, ei,
Die wären ja so gut wie kriegsgefangen
Und obend'rein verpflegt auf Eure Kosten!
Melac. Das ist's, was wir begehren. Weiter nichts.
Und Brief und Siegel sollen Euch verbürgen,
Daß keinen fernern Anspruch wir erheben.
Trautwein. Es widerstreitet unserm Eid und Pflicht.
Wir können, dürfen und wir werden nicht
Auch einem einz'gen Mann vom Feindesheer
In unsern Mauern Obdach geben.
Melac. Schön!
In diesem Fall bestürmen wir die Stadt.
Ihr habt vom heil'gen römisch-deutschen Heer
Nicht eine Pickelhaube zur Vertheid'gung;
Und mit Euch Bürgern, im Soldatenhandwerk
Lehrlinge, machen wir kurz Federlesen.
Wir wollen eine Meute von zehntausend
Bluthunden hurtig auf den Hals Euch hetzen;
Und wenn die Bürschlein einmal angebissen,
Dann ist an keinen Einhalt mehr zu denken
Das Würgen raset unaufhaltsam fort,

Verschonet nicht das Kind in Mutterleib.
D'rum däch' ich, meine weisen Herr'n vom Rathe —
Trautwein. Spart Eure Worte; denn sie fruchten nichts!
Wir sind nicht wankelmüth'ge Kinder, die
Durch Schreckgespenster eingeschüchtert werden.
Was wir beschlossen haben, dabei bleibt es.
Bluthunde, sagt Ihr? Hetzt sie nur heran
Auf uns're festen Wälle, Mauern, Thürme.
Ihr werdet dreißigtausend Männer finden
Mit scharfer Wehr in einer nerv'gen Faust,
Um jeden Bluthund, der herauf sich wagt,
Blutig hinabzuschmettern in den Graben.
Wir bau'n auf Gott und unsre deutschen Hiebe.
Sein Weib im Rücken, seine lieben Kinder,
Wird jeder Bürger, einem Löwen gleich,
Den Fleck vertheib'gen unter seinen Füßen
Und nicht um eines Haares Breite wanken.
Ihr aber kämpfet nur für Euern Sold
Und kommt gleich beutelust'gen Türkenhorden,
Von unserm deutschen Schweiße Euch zu mästen,
Euch Hab und Gut wohlfeilen Kaufes zu
Erobern. Ew'ge Schmach ob solchem Frevel!
Doch einmal überstürzt sich Uebermuth
Wenn maßlos er im Siegesrausch fortras't.
Der Deutschen vaterländische Gesinnung
Ragt Eurer Anmaßung entgegen als
Ein Wall, woran wie Schilfrohr Eure Lanzen
Zersplittern, und das deutsche Volk im Einmuth
Wird einstens wie ein erzgewappneter
Gewalt'ger Riese mit dem Racheschwert

An Eure Thore klopfen zu Paris
Und Sühne fordern für vergang'ne Tage!
Melac. Ihr werdet's nicht erleben, alter Herr.
Das Sprichwort: „Narr'n muß man mit Kolben laufen"
Will ich getrost mit blut'gem Finger nächstens
Auf Eure Rathhausthüre schreiben. Gut.
Ich geh'. Ihr habt mir weiter nichts zu sagen?
Kaufhold. Doch Eines noch. Des Bürgermeisters Tochter
Gerieth in Eure Hände. Gebt sie frei.
Wir zahlen tausend Goldstück Lösegeld.
Melac. O nein. Wir werden nächstens mehr uns holen.
Bertold. Begehrt Ihr mehr? Wieviel? Sagt's nur heraus.
Melac. Die Schlüssel zu den Thoren Eurer Stadt.
Trautwein. Darüber habet Ihr Bescheid, Herr Oberst.
Was aber wollt Ihr mit dem Mädchen thun?
Melac. Im Rheine ward schon manche Katz' ersäuft.
Trautwein. Schamloser Cannibale! Jetzt kein Wort mehr.
Ihr seid entlassen, Melac. Gehet heim.
Bertold. Nur einen Augenblick! Herr Bürgermeister,
Ich meine doch, wir sollten noch einmal
Des Grafen Vorschlag in Erwägung zieh'n.
Das kleine Häuflein von fünfhundert Mann
Könnt' wahrlich ohne leiseste Gefahr
In unsrer Mitte —
Trautwein. Schweigt, Herr Statthalter.
Die Sitzung ist geschlossen. Den erklär' ich
Für einen Vaterlandsverräther, der
Nicht ungesäumt die Halle hier verläßt.
(Er geht rasch ab. Die Uebrigen folgen seinem Beispiel und entfernen sich nach verschiednen Seiten, so daß Halle und Gallerie plötzlich geräumt sind.)

Sechster Auftritt.
Melac. Kaufhold. Bertold.

Kaufhold (heimlich). Wir seh'n uns noch, Herr Oberst,
vor dem Thore.
Melac (stutzt). Was sagt Ihr?
Kaufhold.   Still! Den Finger auf den Mund.
Melac. Gut, Herr Statthalter, ich erwart' Euch draußen.
(Ab.)
Kaufhold. Nun, wollen wir nicht auch die Halle räumen?
Sind wir die einz'gen Vaterlandsverräther?
Bertold (der vor sich hinbrütend dastand).
Im Rhein ist auch für mich ein Wellengrab.
Kaufhold. Den Henker auch. Bleibt nur im Trocknen,
Vetter.
Mechthilde soll Euch ausgeliefert werden,
Ich bürg' dafür. Thut nur den Geldsack auf.
Bertold. Ihr hofft, den Bluthund Melac zu bestechen?
Kaufhold. Bestechen will ich, aber and're Leute;
Will sie bestechen, daß der Klugheit sie
Ein Ohr leih'n und der Thorheit es verschließen.
Die Bäcker, Metz'ger, Wirthe sollen einseh'n,
Daß es viel vortheilhafter sei, fünfhundert
Kostgängern, welche gern vorausbezahlen,
Ein friedlich Unterkommen einzuräumen,
Als Mord und Todschlag tolldreist herbeschwören
Und einem allerliebsten Mägdelein
Ein unfreiwillig kaltes Bad bereiten.
Mich blenden keine schöne Worte, wenn
Der Unsinn seine Eselsohren dahinter
Verbergen will und in die Höhe reckt.
Eu'r Schwiegervater ist ein Biedermann;

Doch kitzelt ihn der Hochmuthsteufel, in
Der Weltgeschichte einen Ehrenplatz
Auf Kosten seines Kind's sich zu erobern.
Sagt an, ist's Euch auch Ernst mit Eurer Liebe,
Geht Euch Mechthildis über alles Andre?

Bertold. Die Gottheit meines Lebens über Alles!
Wenn jetzt ein Dämon vor mich träte mit
Der Frage: Soll das Weltall ich zertrümmern?
Den Himmel droben aus den Angeln heben?
Die ew'ge Nacht, die vor der Schöpfung herrschte,
Heraufbeschwören mit dem alten Chaos?
Ich gäbe kurz entschlossen ihm zur Antwort:
Zerbröckle meinethalben alle Welten,
Tauche in Nacht das sonn'ge Paradies;
Nur laß den kleinsten lichten Fleck mir übrig,
Den Engel meiner Liebe anzubeten!

Kaufbold. Seht, das gefällt mir. Nun den Geldsack her.
Des Goldes Zauberglanz wird Wunder thun.
Willst in das Paradies Du Einlaß haben,
Mußt Du bedenken: Golden ist der Schlüssel
Sankt Petri, der das Himmelspförtlein öffnet.

(Beide geh'n ab.)

Zweiter Aufzug.

Ein mit Obstbäumen bepflanzter Platz. Im Hintergrund eine Mühle. Das Rad steht still. Zur Linken ein Viehstall. Vor der Mühle stehen zwei Musketiere Wache.

Erster Auftritt.

Oelmüller und sein Sohn **Heinz** (treten aus dem Stall).

Oelmüller. Die Mühl' steht still. Die Knechte sind entlaufen.
Im Hause hat sich der Herr General
Von den Franzosen einquartirt und schläft
Mir nichts Dir Nichts in unsern Federbetten,
Säuft meinen besten Wein und läßt dazu
Den Schinken wie die Leberwurst sich schmecken,
Wobei das Sauerkraut nicht fehlen darf,
Indeß man mich, den armen deutschen Michel,
Mit knapper Noth im Schafstall hausen läßt.

Heinz. Mich hungert, Vater. Könnten wir uns nur
Von unsern fetten Gänsen eine stehlen.

Oelmüller. Bei Todesstrafe hat der General
Den Gänsediebstahl untersagt, dieweil
Die leckern gänselebernen Pastetchen
Sein Leibgericht sind. Klett're lieber auf
Den Taubenschlag und fang' ein halbes Dutzend.

Heinz. Das will ich, und auch aus dem Käsekorb
Werb' ich den Säckel voll Handkäschen mausen.

Oelmüller. Ach, es ist einmal wieder weit gekommen
In unserm lieben deutschen Vaterland!
Es muß sich unser Einer mit Gefahr
Des Lebens seinen eignen Handkäs stehlen.

(Beide ab.)

Zweiter Auftritt.

Graf von Crequi. Marquise von Flammande.
(Beide kommen aus der Mühle.)

Crequi. Seh'n Sie, Marquise, hier weht frische Luft!
Und aus dem Rebenhügel drüben duftet
Die würz'ge Traubenblüthe bis hieher.
Marquise (heiter). Das mag wol Noth thun, theurer
                              Graf, denn wahrlich!
Der Oelgeruch in Ihrem Hauptquartier
Ist fähig, mir das Heimweh nach Paris,
Nach meinem duftenden Salon zu wecken.
Crequi. Was, Heimweh? Lassen Sie dies Wort nicht fallen,
Reizende Schelmin; haben Sie doch kaum
Den Fuß gesetzt auf diesen Boden hier.
Marquise. Ich bin dem Freunde nachgeflogen von
Paris bis an den Rhein, die Grenze Frankreichs,
Weil einen überraschenden Besuch
In Worms ich Ihnen zu bereiten wähnte.
Crequi. In Worms, mein liebes Kind? Zuviel verlangt.
Ihr habt auf Euern Bällen zu Paris
Schon manche Festung hurtiger erobert
Im Fluge unbesonnener Gedanken,
Als glückbekrönte Tapferkeit es kann.
Worms ist kein Maulwurfhügel. Blicke hin.
Da liegt die stolze deutsche Kaiserstadt.
Sieh', mehr als hundert Thürme ragen dort
Empor und rings ein Gürtel fester Wälle.
Da läßt es sich nicht ohne Hinderniß
Leichtfüßig wie zum lust'gen Tanze geh'n.
Marquise. Und dennoch hat mir Louvois beim Abschied

Die Worte in den Wagen nachgerufen:
Marquise, sagen Sie dem Grafen Crequi,
Er möge mir nicht eher schreiben als
Bis er in Worms Liebfrauenmilch getrunken.
Crequi (unwirsch). Dann wird der Herr Minister warten
müssen
Auf einen Brief bis die Gedulb ihm reißt!
Verwünscht sei jeder Kriegsplan eines Laien,
Behaglich auf dem Sopha ausgeheckt!
Kein militärischer Erfolg genügt ihm,
Wenn man es noch so sau'r sich werden läßt
Und kann nicht auf dem Nachtisch=Teller ihm
Sogleich als wär' es eitel Zuckerwerk
Eine erstürmte Festung überreichen.
Dies unbescheidne Hoffen, Vorhersagen
Muß den erfahr'nen Feldherrn nur verstimmen;
Denn es entblättert selbst beim günstigsten
Erfolg den schwererrung'nen Lorbeerkranz.
Marquise. Nun, nun, so ernsthaft war es nicht gemeint;
Sie kennen die begeisterten Pariser.
Wenn ein Kanonenschuß ward abgefeuert
In Feindes Landen, sind sie siegestrunken
Und seh'n schon zu dem Thore von Paris
Den überwund'nen und zerfetzten Erbball
Hereingekugelt kommen, einem Spielreif
Gleich, den man mit dem Stecken vorwärts jagt.
Crequi (lächelnd). Fürwahr, so sind sie, geistreiche Marquise,
Leichtsinn'ge Kinder, alle die Pariser,
Vom Staatsmann bis zum letzten Blumenmädchen.
Marquise. Da wir vom Staatsmann eben sprechen, Graf!
Minister Louvois, der Staatskunst Meister,

Wär' beinah' seines Leichtsinns Opfer worden.
Sie machen große Augen, bester Freund?
Es ist kein Scherz, wahrhaftig! Hören Sie.
Doch unter'm Siegel der Verschwiegenheit!
Sie sollen die Veranlassung erfahren
Zum blut'gen Kriege, der sich jetzt entspinnt.

Crequi. Sie bleibt mir wie Europa räthselhaft.
Was war der Anlaß?

Marquise. Eine Fensterbrüstung.

Crequi. Nein, lächerlich!

Marquise. Ja, ja doch, bitt'rer Ernst.
Sie kennen König Ludwigs Leidenschaft
Zur Baulust. Eines Tag's ergötzt er sich
An seinem neuen Lustschloß Trianon.
Da plötzlich will das richt'ge Ebenmaß
An einer Fensterbrüstung er vermissen.
Louvois, des Königs Günstling und Minister,
Ist unbedacht genug, zu widersprechen.
Der König läßt die Linien messen, und es
Rechtfertigt das Ergebniß die Behauptung.
Trotzdem beharrt der Günstling eigensinnig
Auf seiner Meinung, reizt des Königs Zorn,
Der „unverschämt" ihn schilt im Beisein Vieler.
Louvois kehrt heim, bestürzt und außer sich.
Die treu'sten Freunde eilen, ihn zu trösten.
Da rafft er sich empor und spricht die Worte,
Die einst vielleicht im Buche der Geschichte
Denkwürdig werden aufgezeichnet sein:
„Soll eine Fensterbrüstung mich verderben?
Mich Albencibeten zu Falle bringen?
Mein Sturz ist schon bei Hof das Tagsgespräch!

Nur Eines kann mich retten. Das ist Krieg!
Parbleu, ein Krieg soll gleich zur Stelle sein!"
Crequi. Wär's möglich?
Marquise. Also hat es sich begeben.
Der Schlaukopf überredete den König,
Das Schwert zu zieh'n und über Hals und Kopf
Den deutschen Rhein für Frankreich zu erobern.
Darum verübeln Sie, mein General,
Dem Herrn Minister nicht sein brennend Sehnen
Nach einem Glas des besten goldnen Rheinweins:
Liebfrauenmilch, im Kaisersaal zu Worms
Vom tapfern Grafen Crequi ihm kredenzt.
Crequi. Sieh' doch, die schöne schlaue Schmeichelkatze!
Ich glaube beinah', daß der Staatsminister
In seinem Dienste Sie mir hergeschickt?
Marquise. Sie sind ein undankbarer garst'ger Schelm!
Crequi. Nicht doch, Marquise, Ihnen ewig dankbar!
Darf ich den Arm zur Promenade bieten?
Und nun zum Troste mögen Sie erfahren,
Daß ich den Oberst Melac, einen Teufel
Wie's keinen zweiten gibt in der Armee,
Nach Worms heut' schickte, um zu unterhandeln.
Das ist ein Bursche, der die Menschen mehr
Einschüchtert, als Kanonenkugeln es
Vermögen. Ungeduldig harr' ich seiner.
Wenn aber seine Worte nichts gefruchtet,
Dann muß ich Ihnen, schönes Kind, schon den
Gefallen thun und einmal meine Leute
Sturm laufen lassen, daß die Erde dröhnt.
Marquise. Sie sind sehr liebenswürdig, bester Graf.

(Beide ab.)

Dritter Auftritt.
Mechthildis. Ein Corporal.

Mechthildis. Ist es vonnöthen, daß Du wie mein Schatte
Mir aller Orten auf dem Fuße folgest?
Ich hab' mein Wort gegeben, nicht zu flieh'n.
Doch freilich was auch achtet Ihr ein Wort,
Ihr, denen kein Gesetz, kein Völkerrecht
Und keine fromme Sitte heilig sind!
(Vortretend.)
Was soll d'raus werden, wenn das Scheusal Willkür
Von einem finstern Dämon ward entfesselt
Und durch das Erdenleben rasen darf?
Himmlische Heerschaar an dem Throne Gottes,
Bist Du entschlafen, oder taub geworden
Für solches Unrecht, das ge'n Himmel schreit?
Wacht auf und waffnet Euch, ihr Racheengel,
Zornfunkelnd, mit dem zack'gen Flammenschwert
Und schießt im jähen Fluge nieder auf
Die Frevler, die dem Herrn ein Gräuel sind.

Vierter Auftritt.
Mechthildis. Oelmüller. Heinz. Soldaten.
(Lärm und Geschrei hinter der Scene.)

Oelmüller (stürzt herbei).
Wer rettet mich aus ihren Mörderklau'n?!
Ein Soldat (legt die Muskete auf ihn an).
Steh', Spitzbub, oder meine Kugel legt
Dich nieder!
Ein Anderer (ihn fassend). Nein doch, einen Strick, doch
keinen
Schuß Pulver ist der deutsche Lümmel werth!

Heinz (fällt Mechthildis zu Füßen).
  Erbarmen Sie Sich unsrer, gnäd'ge Dame!
  Mein Vater hat sich eines seiner Hühner
  Hier eingefangen, ich ein Pärchen Tauben,
  Und darum sollen wir gehangen werden.
Mechthildis. Seid Ihr der Eigenthümer dieser Mühle?
Oelmüller. Ich bin's gewesen, aber die Franzosen
  Haben mich an die freie Luft gesetzt.
Mechthildis. Soldaten, schämt Euch Eurer Grausamkeit.
  Laßt augenblicks die armen Leute frei
  Wenn Ihr die Frevelthat nicht büßen wollt.
Erster Soldat. Wer ist die Dame? Darf sie uns befehlen?
Zweiter. Den Teufel gar, im Krieg ein Weib befehlen!
Dritter. Stoßt ihr den Flintenkolben vor die Brust!
Erster. Nein, laßt sie geh'n. Laßt auch den Buben laufen;
  Den alten Schlingel aber laßt uns hängen.
Die Uebrigen. Ja, laßt ihn baumeln!
Mechthildis (tritt dazwischen). Haltet, sag' ich Euch!
Alle (durcheinander). Weg! Knüpft ihn auf! Dort an den
                                               Apfelbaum!

Fünfter Auftritt.
Vorige. Crequi. Marquise.

Crequi. Was gibt's hier?
Erster Soldat. Einen Hühnerdieb, Gen'ral.
  Wir woll'n ihn hängen.
Crequi. Das ist in der Ordnung.
Mechthildis. Ordnung? Dürft Ihr von Ordnung reden, Ihr,
  Der jede Ordnung auf den Kopf gestellt?
  Der Mann hier nahm nur, was sein eigen war.
  Es ist der Eigenthümer dieser Mühle,

Bei dem Ihr Euch zu Gaste ludet, Herr,
Und welchem Ihr die deutsche Gastfreundschaft
Mit einem Stricke nun vergelten wollt.
Marquise. Wer ist das Weib mit dieser kühnen Sprache?
Crequi. Des wormser Bürgermeisters Tochter ist es,
Die uns als Geisel in die Hände fiel.
Marquise. Ah! Graf, als ein galanter Cavalier
Gebt ihr den armen deutschen Landsmann frei.
Crequi. So laßt ihn laufen und sein Huhn verzehren.
Erster Soldat (höflich). Kam'rad, wir wollen Deine Gäste
sein.
Oelmüller (grob). Nein, nicht das kleinste Knöchlein sollt
Ihr haben!
Komm, Heinz, es soll uns trefflich schmecken nach
Der überstand'nen Todesangst.
Heinz.   Ja, Vater.
(Oelmüller, Heinz und die Soldaten gehen ab.)
Crequi. Mein Fräulein, hab' die Ehre, Ihnen die
Marquise von Flammande hier vorzustellen.
Sie werden näh'r einander kennen lernen,
Und will ich hoffen, daß Sie bald in Worms
Die Frucht gesell'gen Umgangs kosten mögen;
Denn hier im Lager ist kein Ort für Damen.
Eine Ordonnanz (tritt auf). Mein General!
(Spricht leise weiter.)
Crequi.   Ah, endlich! Meine Damen,
Der Dienst ruft, ich verabschied' mich von Ihnen.
(Ab. Die Ordonnanz folgt.)

Sechster Auftritt.

Mechthildis. Marquise.

Marquise. Nicht wahr, ein liebenswürd'ger Mann, der
   Graf?
Im Felde tapfer, im Salon galant,
Ist er der Abgott der pariser Damen.
Mechthildis. Wie er den deutschen Frau'n ein Unhold ist.
Marquise. Ein Unhold? Ei, erklären Sie mir das.
Mechthildis. Ist der kein Unhold, welcher über Nacht
In Deine unbeschützte Hütte bricht,
Ohn' einen andern Grund als schnöde Raublust,
Die frieblichen Bewohner d'raus verjagt,
Um selbst am fremden Herd sich einzunisten?
Mag sein, daß solch Beginnen an der Seine
Als lorbeerwürdig darf gepriesen werden;
Doch hier in Deutschland gilt's als Frevelthat,
Auf deren Spuren nur der Fluch nachschleicht.
Marquise. Das ist so schlimm nicht, als es Euch bedünkt,
Wol auf den ersten Anblick nur erscheint.
Die Politik, mein werthes deutsches Fräulein,
Regiert, so lang es Staaten gibt, die Welt;
Und wenn's ihr gilt, ein aufgestecktes Ziel
Erringen, eine Lebensfrage lösen,
Wobei des Rechtes hergebrachte Formen
Der Staatskunst Thätigkeit in Schranken halten,
Den losgelass'nen Willen hemmen mögen
Auf seinem Siegesfluge, da zerbricht
Die marmorherz'ge Politik die Formen,
Um einen Staatsstreich zu begeh'n, der über
Dem Rechte steht und menschlichen Gesetzen.

Mechthildis. Auf deutsch gesagt: Gewalt geht vor dem
  Recht.
  Ein Staatsstreich? Ihr Franzosen seid geschickt,
  Die ärgsten Dinge mit geschminkten Worten
  Beschön'gend aufzuputzen, daß sie blenden
  Den leichten Sinn, die Flatterhaftigkeit.
  Ein deutsch Gemüth und deutsche Ehrlichkeit,
  Die leider niemals Ihr begreifen lernt,
  Sträubt aber sich g'en solches herbe Unrecht,
  Wär' auch die äußre Schale überzuckert.
  Ein Staatsstreich! Ei, ein prächt'ger Ehren-Name
  Für Thaten, welche jedem Völkerrechte
  Hohn sprechen und mit Blut sich taufen dürfen.
  Dann ist's auch wol ein Staatsstreich, wenn der Türke,
  Der Perser, der Mongole unnatürlich
  Den eignen Vater von dem Throne stürzt
  Und an den Stufen ihm das Hirn verspritzt,
  Um majestätisch sich darauf zu pflanzen?
  Geht mir mit allen Streichen, gegen die
  Der Finger Gottes in der Menschenbrust:
  Das redliche Gewissen, sich auflehnt!
Marquise. Wir wollen uns darüber nicht ereifern.
  Die höchsten Herren, welche die Gewalt
  In Händen haben, mögen es vertreten,
  Wo sie es müssen, wie sie sie gebraucht.
  Wer aber tiefer als ein Herrscher steht
  Und über seinem Haupt den Donnerwagen
  Den blitzesprühenden, hinrollen hört,
  Der mag bescheiden nur bei seiner Ohnmacht
  Sich fügen in das Unabänderliche,
  Das Haupt zur Erde beugen wenn der Sturm

Den Trotzkopf nicht vom Rumpfe reißen soll. —
Mein König, der erlauchte Herrscher Frankreichs,
Scheint einzuseh'n, die Zeit wär' endlich reif,
Um seiner Wünsche langgehegtes Schooskind
Vom Gängelbande loszulassen, nämlich
Die Karte von Europa einer Must'rung
Zu unterwerfen und das linke Ufer
Des Rheines seinem Staate einverleibend
Den Strom als die naturgemäße Gränze
Von Frankreich für die Zukunft zu bestimmen.

Mechthildis. An diesem Staatsstreich wird sich Frank-
reich eher
Verbluten müssen, als daß er gelingt!
Wähnt Ihr in Eurem Uebermuthe drüben,
Mit off'nen Armen würdet Ihr empfangen?
Mit off'nen Armen, ja, wie einst die Jungfrau,
Die eiserne, des Ritteralters that,
Um den vom Fehmgericht Verurtheilten
Zu einem Leichnam an der Brust zu pressen.
Verfehmen wird der König aller Kön'ge,
Wenn erst das Maß gefüllt ist der Verbrechen,
Den blutberauschten Welteroberer,
Und Deutschland wird die erz'ne Jungfrau sein,
Die an dem Busen ihn zermalmen soll.

Marquise. Ihr sprecht wie eine Fürstentochter, Fräulein,
Als ob es gölte, den ererbten Thron
Mit letzter Kraftanstrengung zu behaupten.
Eu'r Vater ist ein schlichter Bürgermeister.

Mechthildis. Das ist er! Schlicht und recht. Ein deutscher Mann.
Gleich einem Patriarchen herrscht er dort

In jener altehrwürd'gen Reichsstadt Worms.
Wie seine Kinder lieben ihn die Bürger
Weil er gerecht und bieder ist und g'rade,
Wohlwoll'nden Herzens gegen alle Guten,
Unbeugsam strenge gegen jedes Schlechte.
Dabei beseelet ihn wie keinen Andern
Die reinste Glut, das innigste Gefühl
Der Liebe für das deutsche Vaterland.
Er ist ein Mann von ächtem Geistesadel
Und einer Seele, worin Gottes Hauch
Noch frisch ist wie am Schöpfungstag des Menschen.

Marquise. Dann dürft Ihr stolz auf solchen Vater sein.
Uns aber wird er lieb'voll nicht bei solch
Geartetem Gemüth entgegen kommen,
Und Graf von Crequi's Unterhandlung, fürcht' ich,
Wird scheitern an dem unbeugsamen Manne.

Mechthildis. Welch' Unterhandlung?

Marquise. Wegen Uebergabe.

Mechthildis. Von Uebergabe wagt der Graf zu sprechen?
Mein Vater wird ihm darauf Antwort geben
Mit tiefster unverholener Entrüstung.
Wähnt er, in diese festen Ringelmauern
So leichtlings einzubringen wie der Wolf
In eine Hürde springt aus Lattenwerk,
Worin wehrlose Lämmer eingepfercht?
Er soll die deutschen Bären kennen lernen.

Marquise (lächelnd).
Wenn sie Dir ähneln, trotz'ge deutsche Bärin,
So möcht' ich nicht in ihre Tatzen fallen. —
Doch sagen Sie, mein ungeberbig Kind,
Wenn alle deutsche Frauen also glüh'n

   Von vaterländischer Begeisterung,
Was bleibet ihrem Herzen dann von Feu'r
Noch übrig für die Liebe, welche doch,
Sowie die Männer sagen, eigentlich
Unsres Geschlechts Beruf ist?
Mechthildis.   Wie die Andacht
Zum ew'gen Schöpfer Himmels und der Erden,
So hat die Neigung zum Geliebten Raum
Genug in einer Jungfrau Busen neben
Der heil'gen Liebe für das Vaterland.
Marquise. Alsdann genießt wol diese heil'ge Liebe
Auch eines Vorzugs vor der irdischen?
Drollige Menschen diese biedern Deutschen!
Und können Eure Männer sich begnügen
Mit solchem Ueberbleibsel Eures Herzens,
Mit solchem kleinen kühlen Liebesflämmchen?
Ei, der Franzose giert nach Leidenschaft,
Er will ein Herz in vollem Liebesbrand.
Mechthildis. Die deutsche Liebe ziert dafür die Treue.
Uns blendet nicht dies Flackern, dieses Irrlicht,
Das unstät hieher tanzt und dorthin schweift;
Wir schauen unverwandt auf *einen* Stern,
Der fest am Himmel unsrer Liebe steht;
Denn lose Untreu ist ein garstig Brandmal.
Marquise. Ich sehe schon, mit Euch komm' ich zu kurz.
Auf jeden artig zugespitzten Pfeil
Antwortet Ihr mit einem Hagelschlag.
Doch sieh', da kehret der Herr Graf zurück!

Siebenter Auftritt.
Mechthildis. Marquise. Crequi.

Crequi. Marquise, gute Zeitung! Packen Sie
Nur Ihre Siebensachen rasch zusammen.
Das läst'ge Lagerleben hat ein Ende,
Der Oeldunst dieser Mühle wird nicht fürder
Ihr zart Geruch=Organ beleidigen.
Sie dürfen unserm Freunde, dem Minister,
Den glücklichen Erfolg von Ihrer Sendung
Mittheilen und zugleich einladen ihn
Zu einem Glase Liebfrau'nmilch in Worms.
Marquise. Wär's möglich?!
Crequi (zu Mechthildis). Fräulein, es gereicht mir zum
Vergnügen, Ihnen Ihre Freiheit zu
Verkünden. Ihr Herr Bräutigam, dem wir
Zu tiefem Dank verpflichtet sind, wird selber
In Ihre Vaterstadt Sie heimgeleiten.
Marquise, geh'n wir.
Marquise (hängt sich in seinen Arm). Ja, mein besser Graf.
Auf Wiederseh'n in Worms, geschätztes Fräulein.

Achter Auftritt.
Mechthildis. Melac.

Melac (spricht in die Scene).
Hier, Du verliebter Kater, ist die Katze,
Nach der Du schmachtest. Jetzt entschuldigt mich.
Ich habe keinen Augenblick mehr übrig.
(Geht wieder ab.)

Neunter Auftritt.
Mechthildis. Bertold.

Bertold (auf sie zueilend und sie umfassend).
  Mechthildis! Alle guten Engel sei'n
  Gepriesen, daß Du mir zurückgegeben!
  Mein köstlich Kleinod, räubrisch mir entrissen,
  Nun soll Dich keine Macht mehr mir entwenden!
  Zum zweitenmal ertrüg' ich nicht die Folter
  Der Trennung, nicht die Todspein des Verlustes.
Mechthildis (welche bisher starr und sprachlos gestanden).
  Bertold, Du hier? Der Sinn ist mir betäubt.
  Der Feind wär' Dir zu tiefem Dank verpflichtet?
  Hat es der Graf gesagt? War's Lüge? Fasl' ich?
  Komm, weck' mich auf aus einem wüsten Traum.
Bertold. Erhol' Dich. Deine Bande sind gelöst.
  Ich komme, Dich nach Hause zu geleiten.
Mechthildis. Nach Worms? Und unsre Feinde, die
  Franzosen?
Bertold. Sie sind zu unsern Freunden umgewandelt.
  Der droh'nde Schlag ist glücklich abgewendet.
  Kein Schuß wird fallen und kein Blut wird fließen.
  Fünfhundert Mann nur ward ein gastlich Obdach
  In unsern Mauern zugestanden und
  Dafür die Zusag keiner fernern Kränkung
  Verbrieft und untersiegelt von dem Grafen.
Mechthildis (angstvoll). Bertold, wer that das?
Bertold. Unser Statthalter
  Im Einverständniß mit fünf Räthen schloß
  Die Uebereinkunft; denn Dein Vater durfte,
  Weil Du in Feindes Händen, nicht den Schein

Auf seine Würde, seinen Namen laden,
Als ob er seines Vortheils wegen handle.

Mechthilbis (aufschreiend). Bertold, weh Dir, Du hast
die Stadt verrathen!

Bertold. Was hab' ich —?

Mechthilbis. Meinen Vater hintergangen,
Uns Alle in des Feindes Hand geliefert.

Bertold. Fünfhundert —

Mechthilbis. O sie zieh'n zu Tausenden
Ein, wenn das Thor nur einmal offen steht.

Bertold. Das Wort des Grafen —

Mechthilbis. Eitel Lug und Trug.
Wer möchte Treu' und Glauben denen schenken,
Die frech das Völkerrecht mit Füßen treten,
Die jeden Gräuel mit dem Worte Staatsstreich
Entschuldigen und Meineid Kriegslist nennen?
Weh' dem verrätherischen Statthalter!
Weh' über Dich und Deine Spießgesellen!

Bertold. Kannst Du mir grollen, wenn der Liebe Allmacht
Mich zwang, um jeden Preis Dich zu erretten?

Mechthilbis. Dir grollen? Nein, verachten kann ich Dich!
Zuck' nur zusammen. Ja, wie glüh'ndes Eisen,
Das den Verbrecher brandmarkt, soll mein Wort
Auf Deinen ehrvergess'nen Kleinmuth fallen.
Um jeden Preis mich retten wolltest Du
Und wähntest, auch die Schande wär' ein Preis,
Um die Geliebte damit einzulösen?
Unsel'ger, Du hast Dich und mich geschändet!
O wär' ich lieber nie geboren worden,
Als daß ich dem Verrath zum Losungswort,
Der tiefsten Schmach zur Ausred' dienen muß!

Mit welchem Antlitz soll ich meinem Vater,
Dem Ehrenmanne, gegenübertreten,
Den Du so meuchlerisch verwunden konntest?
Er wird die liebevollste Zärtlichkeit,
Die mich beglückt, in grimmen Haß verwandeln.
Er wird mir fluchen oder — mich beweinen.
Sein Herz wird brechen. Ach, er überlebt nicht
Den schmählichen Verrath am Vaterland!

Bertold. Mechthildis, hör' mich.

Mechthildis. Nein, nicht hören will ich,
Nicht seh'n Dich. Geh' verhüll' Dein Angesicht,
Mich überkommt ein Grauen wenn Dein Blick mir
Begegnet. Mögen unsre Wege nie sich
Mehr kreuzen. Geh'. Du hast Dein Seelenheil
Verpfändet an den Bösen, bist verfallen
Den finstern Mächten. Ich hab' nichts gemein
Mit Dir. Laß ab, Dein Netz nach mir zu werfen.
Du sollst mit süßem Gift mein Herz nicht ködern.
Laß Deinen Sold vom Grafen Dir bezahlen,
Den Judaslohn des schimpflichen Verrathes.
Ich eile, um an Vaterbrust mein Haupt
Zu bergen. Mög' ein treugesinnter Schutzgeist
Im letzten Augenblick, eh' die Gefahr
Zur That wird, meinem Vater eine Warnung
Zuflüstern, daß vielleicht im Thorweg noch
Der Feind von ihm zurückgewiesen würde!
Und müßte Bürgerblut in Strömen fließen;
Denn besser, todt sein, als geknechtet werden!

(Ab.)

Dritter Aufzug.

Freier Platz in Worms.
Es ist Abend. Aufgepflanzte Pechfackeln erleuchten die Scene.

Erster Auftritt.
Kaufhold. Spielberg.

Kaufhold. Zuviel des Weines dürfen sie nicht trinken.
  Der Rausch buhlt mit der Plauderhaftigkeit
  Und setzet manchen Blödsinn in die Welt.
  Ein kleines Weilchen mögen sie noch dürsten
  Bis das Gewitter eingeschlagen hat;
  Alsdann, sagt ihnen, woll' ich gern erlauben,
  Daß jeder Kauz auf einem Fäßlein Wein
  Als seinem Steckenpferde reiten dürfe.
  Auch zeigt vorerst den blanken Goldfuchs nur,
  Um lüstern sie darnach zu machen; aber
  Zahlt nach gescheh'ner Arbeit erst ihn aus; —
  Der Taglohn in der Frühstund' schon entrichtet
  Lähmt leicht den Arm, erstickt die Arbeitslust.
Spielberg. Ich will zur Richtschnur Eure Weisheit nehmen;
  Doch sind es zuverlässige Gesellen,
  Die wir für unsern Plan gewonnen haben.
Kaufhold. Ich glaub's; allein der tolle Bürgermeister
  Hat scharfe Augen wie der Edelfalk
  Und flinke Beine wie der Vogel Strauß.
  An jedem Eck' und End' ist er zu seh'n.
  Der Alte bleibt zu fürchten bei dem Handel.
  Weiß Gott, ich kann mich kühlen Blutes rühmen;
  Doch heute schüret von Minute zu

Minute mir die Ungeduld geschäftig
Die glüh'ben Kohlen unter meinen Füßen.
Spielberg. Dies Fegefeuer wird nicht lange brennen.
Kühlt Euch in dem Gedanken, daß, es Euch
Zum neuen Bürgermeister läutern wird.
Kaufhold (lächelnd). Dem Ihr als Statthalter zur Seite
steht.
Doch wollen wir den Tag nicht loben vor
Dem Abend. Still. Horcht auf! Es schlägt schon Zehn.
Es rückt heran die Stunde der Entscheidung.
Geh'n wir nach dem Liebfrauenthore hin.
(Beide ab.)

Zweiter Auftritt.

Schwert- und Bartscheerzunftmeister mit einem Haufen bewaffneter Bürger. Später Backzunftmeister mit Gefolge.

Schwertzunftmeister. Ich sag' Euch, Leute, brennt mehr
Fackeln an!
Die Stadt soll hell sein wie am lichten Tag.
Wofür hätt' auch die Schusterzunft ihr Pech
Dem Vaterland, Gemeinwohl zur Verfügung
Gestellt wenn Ihr es nicht benutzen wollt?
Backzunftmeister (tritt auf). Mitbürger, Gott zum Gruß!
Schwertz. (ihm die Hand reichend). Herr Backzunftmeister,
Es freut mich, daß Ihr auf den Beinen seid.
Backz. Ei, Herr, die Pest soll in den Schurken fahren,
Der seine Bürgerpflicht verschlafen kann!
Schwertz. So liegt es auch in meinem Sinn und hoff' ich,
In Aller! Eine Freude ist es wahrlich,
Mit anzusch'n, wie Alles aufgeweckt
Herum sich tummelt. Saht Ihr vorhin nicht

Die Metzgerzunft ausrücken? Meiner Seel',
Das Herz im Leibe lachte mir vor Lust,
Als ich die brallen stämm'gen Kerle schaute,
Mit aufgeschürzten weißen Hembärmeln,
Die blanken Schlachtbeil' in den starken Händen,
Als ob sie eine Heerde Büffelochsen
Mit einem Streich abschlachten wollten. Traun,
Wenn die Franzosen es gelüsten sollte,
Auf unsern Wällen Weide zu bezieh'n,
So werden garstig in das Gras sie beißen.

Bartscheerz. Die Schneidergilde macht den meisten Lärm.
Wenn die Prahlhanse mit den dünnen Beinen
Den zehnten Theil von dem nur halten — wenn's
Zum Halsabschneiden kommt — was hoch und theuer
Sie jetzt geloben, dann sind wir geborgen
Und brauchen keine Hand mit anzulegen.

Schwertz. Laßt sie gewähren, Meister, laßt sie plaudern!
Wenn aufgeblasen auch und zungenfertig,
Es sind doch ordentliche Leute d'runter;
Und ist ein Schneider auch kein Mann wie wir —
Weil zart gebaut und luftiger gesinnt —
So sitzt ihm doch das Herz am rechten Fleck,
Und können wir wol immerhin getrost
Für einen Mann zwei Schneider gelten lassen.

Backz. (ernsthaft). Recht so. Ein Jeder thut soviel er kann.

Bartscheerz. Seht, kommt da nicht der wackre Bürgermeister!

Schwertz. Er ist's. Mir wird ganz wohl bei seinem Anblick.
Der liebe Gott erhalt' ihn uns noch lange!
Ich sag' Euch, Leute, dieser Biedermann
Wiegt eine Zunft von tücht'gen Kerlen auf.

Dritter Auftritt.

Vorige. Trautwein. Manuel. Einige Rathsherren.

Trautwein. Grüß Gott Euch, lieben Kinder! Wohlgemuth
In Waffen und voll heit'rer Zuversicht?
Schwertz. Das woll'n wir meinen, lieber Bürgermeister,
So lange Ihr an unsrer Spitze steht.
Trautwein. Wenn Jeder seine Schuldigkeit nur thut,
So steht auch nichts für unsre Stadt zu fürchten.
Wol möcht' es schwerer sein, im off'nen Feld
In kunstgeschloss'nen Gliedern mit den Söldnern
Sich messen und den Schwenkungen des Kriegsspiels
Mit schlichtem Muth und ungelenker Kraft
Die Stirne bieten; aber auf den Wällen
Und in den kugelfesten Ringelthürmen
Sind wir mit unsern alten Donnerbüchsen
Und langen Partisanen, mit Streitkolben
Und eisenzack'gen Morgensternen furchtbar,
Unüberwindlich, und der kecke Feind,
Wenn einmal er zum Sturme schreitet, wird
Zum zweitenmal ihn nicht versuchen wollen,
Weil Wen'ge von den tollen Wagehälsen,
Denen es glücket, bis auf Schwerteslänge
Zu uns heraufzuklimmen, nur lebendig
Den steilen Rückweg machen würden.
Schwertz. Ach,
Herr Bürgermeister, Alles stünde gut,
Wenn Eines nur nicht wäre — wenn Mechthildis,
Eu'r Kind, in Feindes Hand sich nicht befände!
Trautwein. Still, guter Freund! Kein Wort darüber mehr.
Wir stehen All' in Gottes Hand und Er

Wird meinem lieben Kinde gnädig sein. —
Wer hat die Wache am Liebfrauenthor?
Schwertz. Der Herr Statthalter mit der Krämerzunft.
Trautwein. Um elf Uhr löst ihn ab mit Euren Leuten.
Ihr Andern macht die Runde auf den Wällen.
Behüt' Euch Gott! (Zu den Rathsgliedern)
Ihr, meine Herren, geht
Voraus, ich folg' Euch auf dem Fuß zum Rheinthor. —
Die Nacht wird kühl. Hol' mir den Mantel, Män'el.
(Alle zu verschiedenen Seiten ab.)

Vierter Auftritt.

Trautwein (allein).

Luft! Luft für mein beklomm'nes Vaterherz!
Ich bin allein. Euch ew'gen Sternen droben
Darf ich sie öffnen, die von Seufzern und
Von Leid gepreßte Brust! Ach, diese Brust,
Die wie ein Todtensarg verschlossen blieb,
Worin als ein lebendiger Begrab'ner
Mein stummer Schmerz sich krümmt, nur leise wimmern
Und an den Marmordeckel klopfen darf.
Ich wälz' ihn weg den Grabstein. Auferstehung!
Mechthildis!! Ach! Mein unglückselig Kind!
Schoos-Engelein! Augapfel meiner Seele!
Du mir vielleicht auf immerdar entrissen,
Der Schändlichkeit des Feindes preisgegeben!
O daß ich mit dem Tiger ringen dürfte,
In dessen Klauen Du gefallen bist,
Mir wäre wohler, als hier auf der Folter
Liegend und Dich, mein Theuerstes, verläugnend! —
„Im Rheine ward schon manche Katz' ersäuft."

So hat mich angebellt der Bluthund Melac,
Vor dessen Gräueln das Gerücht sich selber,
Sie zu erzählen, schamroth sträubet. Der
Barbar im Grimm wär' fähig, Wort zu halten,
Die Drohung zu besiegeln durch die That.
Nach einem abgeschlag'nen Sturm — Mechthildis
Mit einem Stein am Hals hinabgeworfen
In des gewalt'gen Stromes Flutengrab —
Ein Schauder überrieselt mir das Herz!
Nein! Nein, allwaltender gerechter Gott,
Du wirst nicht dieses Uebermaß von Elend
Aufbürden meinem sorgenschweren Herzen!
Jedoch Dein Will' gescheh'! Ich werd' nicht murren
Wenn Du mein Kind als Opferlamm begehrst
Und will der höhern Pflicht, die mir obliegt,
Mit keiner leisen Schwankung untreu werden;
Will der Unschlüssigkeit in meine Seele
Nicht fingerbreiten Einlaß nur gewähren.
Wenn aber brünstigen Gebetes Hauch
Die heil'ge Wagschal' darf anweh'n, worin
Dein unerforschter Rathschluß abgewogen
Von Deiner Weisheit wird, und fromme Bitte
Dem innesteh'nden Zünglein Ausschlag gibt;
So fleh' ich aus der Inbrunst meines Herzens:
Nimm dieses greise Haupt als Opfer hin,
Mein welkes Leben sei dem Grab verfallen —
Die müden Wimpern werden gern sich schließen
Wenn ich dem Vaterland genug gethan
Und der Gefahr, die drohend es umschlängelt,
Den giftgeschwoll'nen Kopf zertreten seh' —

Nur schone mein unschuldig Kind und laß
Im Tode nicht sein Engelauge brechen!

Fünfter Auftritt.
Trautwein. Mechthildis. Heinz.

Mechthildis. Du hast mich treu geführt. Ich danke Dir.
Heinz. Ach, gnäb'ges Fräulein, danken wir Euch doch
Das Leben meines Vaters, und ich liefe
Für Euch mit Freuden barfuß durch das Feuer!
Trautwein. Wer da?
Mechthildis. Das ist die Stimme meines Vaters!
(Auf ihn zueilend.)
Mechthildis, Vater, hangt an Deinem Halse!
Trautwein. Mechthildis! — Allbarmherz'ger Gott! —
Mechthildis! —
Bist Du's? Mein Engel mit den Veilchenaugen!
Mechthildis. O Vater! Vater, mein erstarrtes Herz
Darf nicht an Deiner warmen Brust aufthau'n.
Die Zeit — die Augenblicke fliegen mit
Gezückten Dolchen hart an uns vorüber.
Verrath hat um den Hals uns schon die Schlinge
Geworfen. Der Statthalter mit fünf Räthen
Steht schon am Thor, den Riegel wegzuschleben
Wenn der herangeschlich'ne Feind ihm klopfet.
Von Angst beflügelt komm' ich hergeeilt —
Am Siegfriedpförtlein gaben sie mir Einlaß —
Gleich bei den ersten Schritten treff' ich Dich —
Auf, eil' denn und beschwöre das Verderben!
Trautwein. Gott, wasche mir den Taumel von der Stirne!
Jetzt gilt es eisern sein und pfeilgeschwind!
(Er wendet sich zum Gehen.)

Sechster Auftritt.

Vorige. Schusterzunftmeister mit einer Schaar. Gleich darauf Schwertzunftmeister mit seinen Leuten. Später Mannel (einen Mantel auf b'm Arm).

Schwertz. Am Mainzer Thore stürmen die Franzosen!
Schwertz. (auftretend).
  Wer will zurück mich halten? Was, ablösen?
  Dort wo sie stürmen, dort ist unser Platz!
Trautwein (tritt ihnen rasch entgegen und deutet auf die andre Seite).
  Nein, dort, wohin die Pflicht Euch ruft! Mir nach!
  Der Sturm ist nur ein läppisch Gaukelspiel.
  Dort am Liebfrauenthore liegt der Lindwurm!
  Reißt den verrätherischen Statthalter
  In blut'ge Fetzen! Mir nach! Mir nach! Mir nach!
      (Sie wollen fortstürmen).

Siebenter Auftritt.

Vorige. Melac mit Soldaten.

Melac (mit gezogenem Degen).
  Halt da! Zur Ruh'! Die Stadt ist übergeben!
  Es haben die Franzosen schon den Wall
  Und Thurm besetzet am Liebfrauenthor.
  Feldschlangen, Mörser und Karthaunen sind
  Schon aufgepflanzt, um einen Eisenhagel
  Auf die Bethörten auszuspeien, die
  Sich naseweis in unsre Nähe drängen.
Trautwein. Ohn' Schwertschlag übergeben? Bluthund
          Melac,
  Fletsche hohnlachend nicht zu früh' die Zähne!
  Noch seid Ihr nicht die Herren dieser Stadt!

Noch werfen wir Euch einen Wall entgegen
Mit unsrer unerschrock'nen Brust und eh'
Soll jedes Haus zur Veste sich umwandeln;
Eh' sollen Freund und Feind im Blute waten,
Bevor der niederträchtige Verrath
Mit schmutz'gem Siegeslaub sich krönen darf!

Melac (den linken Arm ihm entgegenstreckend).

Still, alter Grillenfänger! Mäuschenstill!

(Mit einer raschen Wendung rennt er ihm den Degen durch die Brust.)

Todtstill! Da hast ein Blättchen vor den Mund!

Trautwein (in die Kniee sinkend).

Gott sei mir gnädig! — Vaterland! — Mechthildis!

(Er stirbt. — Gruppe der entsetzten Bürger.)

Mechthildis (erst starr und sprachlos sinkt mit einem Schmerzensschrei auf den Entseelten nieder).

Melac. Versprach ich nicht dem Graukopf heute früh,
Mit blut'gem Finger an die Rathhausthür'
Ein Sprüchwörtlein für Narren hinzuschreiben?
Mit seinem eignen Blute thu' ich's nun. —
Ihr Andern, laßt Euch dies zur Warnung dienen.
Geht heim, ihr biedern Deutschen. Leget Euch
Zu Bett' und zieht die Decke über'n Kopf.

Schwertz. Mitbürger, könnt Ihr diese Schmach ertragen?
Seht hier den blutbespritzten Leichnam an
Von unserm Vater, dem ein frecher Mörder
Gählings den Degen in das Herz gerannt.
Gedenkt der letzten Worte, die er sprach,
Eh' seinen Mannesgeist er ausgeathmet:
„Noch werfen wir Euch einen Wall entgegen
Mit unsrer unerschrock'nen Brust!" und laßt

Sie gelten als ein heiliges Vermächtniß.
In blut'ge Fetzen reißt den Bluthund Melac
Und den verrätherischen Statthalter!
Alle. Zum Kampfe! Nieder denn mit den Franzosen!

Achter Auftritt.
Vorige. Crequi mit Gefolge.

Crequi. Ihr lieben Leute, machet keinen Aufruhr.
Hört in der Straße die Geschütze rasseln.
Seht dort die schwere Reiterei anrücken.
Es sollte leid mir thun, wenn Ihr mich zwängt,
Euch mit Kanonendonner zu begrüßen
Und mit dem Wetterleuchten scharfer Klingen.
Worms hat capitulirt. Ergebt Euch d'rein.
Als Freunde wollen wir zu Freunden kommen,
Und Keinem soll ein Leid gescheh'n von Euch.
Schwertz. Kein Leid? Seht her, was ist denn dies?
Seht doch,
In seinem Blute liegt der Bürgermeister.
Crequi. Der Bürgermeister! Wer hat Das gethan?
Melac. Ich that es, seinen losen Mund zu stopfen.
Crequi. Das war nicht wohlgethan, Herr Oberst Melac.
Sie konnten seines Blutes füglich schonen.
Um seiner Tochter, seines Eidams willen
Gebührte Schonung diesem tapfern Manne,
Der Leib und Leben an die Pflicht gesetzt.
Ich will, daß man dem edeln Fräulein hier
Mit jeder schuld'gen Rücksicht soll begegnen. —
Ihr Leute, geht besonnen auseinander.
Wer etwa Gründe zu Beschwerde hat,
Der bringe sie beim Grafen Crequi vor.

Wir nehmen unser Hauptquartier im Rathhaus.
(Ab mit Melac und Gefolge.)

Schwertz. Nähmt Ihr Eu'r Hauptquartier am lichten
Galgen!
Was meint Ihr, Brüder! Einmal müssen wir
Doch sterben, wollen wir's nicht heute thun?
Gelegenheit ist günstig und ich spür'
Ein arg Gelüsten eben nach dem Tod.
Laßt uns gleich angeschoss'nen Bären in
Die Feinde fallen bis wir uns verblutet.

Bartscheerz. Was ist mir das für Redensart, Gevatter!
Wir wollen fechten wo's was nützen kann;
Doch als Kanonenfutter nur zu dienen,
Von Rosseshufen sie zertreten lassen,
Dafür sind meine Gliedmaßen zu gut.

Schwertz. (brummend).
An solchem Krüppel wäre was verloren!
Der Graf mit seiner lump'gen Artigkeit
Entwaffnet sie geschwinder als der Bluthund
Melac mit seinem garst'gen Mordgebell.

Bartscheerz. Seht, wie sich Einer nach dem Andern heim=
stiehlt.
Laßt uns das Gleiche thun. Es ist zu spät.
(Ab.)

Neunter Auftritt.

**Mechthildis. Manuel. Schwertzunftmeister. Heinz.
Backzunftmeister.**

Backz. (kommt mit einer Fackel in der Hand).
Der Sturm am Mainzer Thor ist abgeschlagen.

Schwertz. Laß Dich mit Deiner Neuigkeit begraben.

Backz. Was hat es hier gegeben?
Schwertz.   Galle, Blut
  Und Thränen. Schaue dorthin. Worms ist todt.
Backz. Der Bürgermeister blutend hingestreckt!
Manuel (welcher bisher neben Mechthildis kniete).
  Seid still. Das vaterlose Kind erholt sich.
  Laßt mich den Mantel auf die Wunde breiten,
  Daß nicht auf's Neu' sie schreckt der blut'ge Anblick.
        (Er steht während des Folgenden aufrecht.)
Mechthildis (kommt zu sich, schaut umher, scheint sich zu besinnen, erblickt den vom Fackelschein beleuchteten Todten, ringt aufseufzend die gefalteten Hände vor der Brust, vor der Stirne und läßt sie alsdann knieend in den Schoos sinken, indem sie in solch schmerzgebeugter Stellung den Entseelten anstarrt).
  Du siehst mich mit gebroch'nen Augen an,
  Herzlieber Vater! Welch ein Wiederseh'n!
  So müssen unsre Augen sich begegnen?
  Sie sollten sich mit Freudenthränen füllen
  Und sind so thränenleer. Die Deinen kalt,
  Die meinen aber brennen fieberheiß. —
  Sieh', sieh', da netzet doch mitleid'ger Thau
  Die beiden welken blauen Veilchen mir. —
  Ich schließe Dir die müden Augenwimpern. —
  Schlaf wohl, lieb's Väterlein, den ew'gen Schlaf! —
  Bin ich nur darum heimgekommen, um
  Des Feindes Mordstahl Dich zu überliefern?
  Doch eine Wohlthat war für Dich der Tod.
  Ist Worms gefallen? (Sie blickt die Umstehenden an, welche
    schweigend die Häupter senken).
                  Ach, es mußte fallen
  Weil er, sein Schirmherr, Stolz und Majestät,
  Dem giftigen Verrath zum Opfer fiel!

Du hättest sie nicht überlebt, die Schmach,
Die unserm Vaterland wird angethan.
Ein mildgesinnter Engel Gottes nahm
Im Augenblick, als eine schwarze Wolke
Den Stern der Freiheit uns verfinsterte,
Auf seine goldnen Flügel Deine Seele
Und trug hinauf sie in das Himmelreich,
Wo reinster Rosen Odem Dich umspielt
Und kein Verrath die Luft verpesten darf.
Nicht wahr, mein Vater, selig sind die Todten?
(Sie erhebt sich und fährt fort mit gesteigertem Ausdruck.)
Unselig aber sind die Lebenden,
Die allen Keim des Uebels in sich tragen,
Der von der Witterung des Mißgeschicks
Begünstigt, über Nacht in gift'gen Pilzen
Aufschießt und weiter wuchert unaufhaltsam.
Es ist der Mensch, der Sündenmensch, die Schlange
Im ird'schen Wonnegau, der Unhold Mensch.
Dem Frieden gram, der engelschönen Eintracht,
Verfolget das vernunftbegabte Raubthier
Sein Ebenbild mit nimmermüdem Eifer.
Die Zwietracht hetzt den Menschen auf den Menschen,
Und frei aufathmet nur der Unterdrücker.
Daß eine solche That geschehen durfte,
Das öffnet uns die Augen, wie armselig
Mit unserm Erdenleben es bestellt sei!
Die heil'ge Unschuld liegt in Staub getreten,
Und aufgereckten Hauptes geht der Mörder,
Der gottvergeß'ne Wütherich einher. —
(Umblickend.)
Wo ist die Schaar der Freunde denn geblieben?

Hat Keiner eine Thrän' um ihn vergossen?
Hat Keiner seine Lippen aufgethan,
Um einen Rachcschrei heraus zu lassen?
Wie, haben sie den Vater ihrer Aller
Am Wege liegen lassen theilnahmlos?
Sie blieben nicht bis er erkaltet war?
O schwarzer Undank, der zum Himmel schreit
Und die tiefgrollende Vergeltung weckt!
Ihr Einzigen, die bei ihm ausgeharret,
Leiht ihm den Arm zum letzten Liebesdienst.
Kommt, traget den entseelten Bürgermeister
In seiner Väter Gruft zur ew'gen Ruhe.
Die stille Nacht mit tausend goldnen Augen
Sieht wehmuthvoll auf dieses Leichbegängniß.
Ich aber will der Fackelträger sein. —
Worms weine; denn mit diesem Leichenzug
Eröffnet das Geschick ein Trauerspiel,
Davon die spät'sten Enkel noch erzählen!

(Indem sie mit erhob'ner Fackel halb zum Abgang gewendet den Kopf zurückbiegt, um den Todten noch einmal anzusehen und die Andern sich niederbeugen, um ihn aufzuheben, schließt mit diesem Bild der Aufzug.)

Vierter Aufzug.

Kaisersaal im Rathhaus zu Worms.
Ringsum an den Wänden der deutschen Kaiser und Helden Bildnisse
in Lebensgröße.

Erster Auftritt.
Bertold.

Verschmähte Liebe! Gipfel alles Unglücks.
Wer's nicht erlebte, kann es nicht begreifen,
Dies herbe seelenmarternde Gefühl.
Ein unversiegbar tiefer Quell der Schmerzen,
Der in des Busens Hintergrund entspringt
Und unser ganzes Wesen überrieselt.
Bald beuget stille Wehmuth, kranke Sehnsucht
Den Geist in namenlose Trauer nieder.
Ein stummes Brüten auf erloschnem Leben
Liegt wie ein Leichenmantel ausgebreitet.
Bald zuckt es wieder auf wie Höllenqual
In dem zerriss'nen und durchflammten Herzen,
Das mit dem letzten Muthe der Verzweiflung
Sich aufbäumt und im Tode brechen will.
Bald leuchtet wieder süß wie Mondenstral
Ein Schimmer glücklicher Vergangenheit
Herüber in die dunkle Trauernacht
Und kräftiget zu neuem Leid das Herz. —
O zäher Muskel in der Menschenbrust,
Daß Du der Qual so lange widersteh'st! —
Manchmal ist mir's als wandl' ich schon entseelt
Ein wesenloses Schattenbild umher.
Und manchmal wieder will es mich bedünken,

Ich läge vor des Paradieses Pforten
Dahingestreckt als ein verdammter Sünder,
An Hand und Fuß geknebelt fest mit Schlangen.
Da seh' ich Schaaren schöner Engel wandeln,
Den Leib von zartem Himmelblau umflattert,
Das Antlitz hold verklärt von Seligkeit.
Der schönste unter Allen stralt Mechthildis,
Des Schöpfers Liebling und der Engelschaar.
Sie geht an mir vorüber. Ich will rufen
Und kann nur stöhnen — wie gelähmt die Zunge —
Ich krümme mich ein Wurm zu ihren Füßen.
Sie aber hat das Engelaug' empor
Gerichtet, läßt mich unbeachtet liegen
Und schreitet lächelnd nach dem Palmenhain,
Der meinen Blicken grausam sie entrückt.
So muß ich denn geächtet und verlassen
Verschmachten langsam auf der Folterbank
Verscherzter Liebe wie ein Abgefall'ner
Der einstmals sel'gen Geister, die der Herr
Im Zorn herab aus seinen Himmeln stürzte.

Zweiter Auftritt.
Bertold. Kaufhold. Spielberg.

Kaufhold. Sieh' da, mein Vetter Bertold! Guten Tag.
Hab' ich nicht Wort gehalten und Mechthildis
In Eure Hand geliefert? Meinen Glückwunsch.
Wann soll die Hochzeit sein?

Bertold.   Versucher, grinse
Mich nicht mit Deinen Schlangenaugen an!
Du bist es, Du, der mir den Sinn berückte,
Der blauen Lügendunst mir vorgegaukelt.

Du bist es, der mich Liebetrunkenen
Mit glattem Wort über die heil'ge Schwelle
Der Pflicht und Ehre weg hinaus gelockt,
Wo das Verbrechen und die Schande hausen.
Du bist es, der mein höchstes Himmelsgut:
Mechthildens Liebe, mit verruchter Arglist
Unwiederbringlich mir entwendete.
Dir dank' ich dieses Uebermaß von Elend,
Das mir so namenlos das Herz beschwert.
Dir dank' ich diese Seufzer, diese Thränen,
Die einz'gen Zeugen meines stummen Jammers.
Dir dank' ich, was zum Wahnsinn mich aufstachelt,
Was, wenn ich daran denke, einen Sturm
Von Höllenqualen mir entgegen peitschet,
Dir dank' ich die Verachtung der Geliebten.
(Den Degen ziehend)
Scheusal, nimm Deinen Lohn und geh' und habe
Im Pfuhle der Verdammniß Deine Seele!

Kaufhold (sich zur Vertheidigung anschickend).
Renn', Toller, denn in diese Degenspitze.
(Sie machen einen Gang.)
Spielberg. Zu Hülfe! Heda! Bringt sie auseinander!

Dritter Auftritt.
Vorige. Crequi. Wache.

Crequi. Was geht hier vor? Wer wagt's, mit blankem
Degen —?
(Die Wache thut dem Kampf Einhalt.)
Kaufhold. Vergebung, Graf. Hier dieser Tollhäusler —
Mein Vetter — hirnverrückt aus Liebeswuth —
Fiel ohne Anlaß wie ein reißend Thier
Mich an — mordlustig — und die Nothwehr nur

Zog meinen Degen aus der Scheide. Hier
Mein Zeuge.
Spielberg. Ja, also begab es sich.
Crequi. Sie sind des todten Bürgermeisters Eidam?
Kaufhold. Den grollend jetzt das Töchterlein verschmäht.
Darüber ward er aufgebracht ge'n mich.
Bertold. Nein, weil Du lügnerisch umgarnt mich hast
Und einer Schuld theilhaftig werden ließest,
Auf die mich keine Ahnung vorbereitet;
Weil Du auf meine Blindheit tückisch bauend
Mich mit Dir nahmst als meuchelmörderisch
Dem Vaterlande Du den Todesstoß
Wie einem Schlafenden versetzen wolltest
Und arglos mich die Leuchte halten ließest.
Nichtswürd'ger Bösewicht, darum hass' ich Dich
Und lechze wie ein Leu nach Deinem Blut.
Crequi. Mir däucht, ich sehe was in Ihnen vorgeht
Und bin nicht theilnahmlos bei Ihrem Unglück;
D'rum schreiben Sie es dieser Rücksicht zu,
Wenn ohne Strafe jetzt ich Sie entlasse.
Bertold (geht ab).

Vierter Auftritt.
Crequi. Kaufhold. Spielberg.

Crequi. Sie kommen, um als neuer Bürgermeister
Von mir bestallt zu werden? Gut, ich will
Es unter Trommelschall der Bürgerschaft
Verkünden lassen. Sorgen Sie dafür,
Daß der Besatzung hülfreich Hand geboten
Von den Einwohnern werde beim Abtragen
Der Thürm' und Schleifen aller Festungswerke.

Kaufhold. Ich werde Frohnde gleich ansagen lassen;
Wer widerspenstig sich bezeigen sollte,
Dem geben Wohnung wir im Bürgerhof.
Crequi. Ein zartes Wort für ein Gefangenhaus.
Ich lasse Sie nach Ihrer Art gewähren,
Nur rechn' ich b'rauf, daß das Erfüllen dem
Befehlen immer auf dem Fuße folge.
Ich bin beschäftigt und Sie sind entlassen. —
(Nachrufend)
Hüten Sie sich, dem Leuen zu begegnen,
Den es nach Ihrem Blute so gelüstet.
Kaufhold (der sich schon verabschiedete, kehrt wieder um).
Wenn auch nach Händeln mir der Sinn nicht steht,
So denk' ich doch dem Feind nicht auszuweichen
Und traue meinem oftgeprüften Degen.
Es ward mir überdies vom Oberst Melac
Eine Sicherheitswache beigegeben,
Die aller Orten mich begleiten soll.
Crequi (mit Hohn). Wenn dies der Fall, mein tapfrer
Bürgermeister,
Dann bau'n Sie nur getrost auf Ihren Degen.
Kaufhold und Spielberg (gehen ab).

Fünfter Auftritt.

Crequi. — Später Marquise.

Crequi (allein). Geh', feiler Ueberläufer, packe Dich!
Ich mag solch widriges Gesicht nicht seh'n.
Schlimm, daß man seine Zuflucht nehmen muß
Zu solcherlei verräthrischem Gesindel. —
Marquise, ah, Ihr Anblick thut mir wohl!
Gefällt es meiner Freundin auch in Worms?

Marquise. Mein bester Graf, aufrichtig zu gesteh'n:
Großartig zwar und überwält'gend ist
Der Eindruck, den die uralt würd'ge Stadt
Auf den Beschauer übt beim ersten Anblick;
Allein es ward mir diese hehre Stimmung
Gar schnell verkümmert durch die düstre Ansicht
Von der Bewohner tiefbetrübtem Antlitz.
Die Leute schleichen gramgebeugt einher,
Den scheuen Blick geheftet auf den Boden,
Alsob das Liebste sie verloren hätten
Und hoffnungslos nachstarrten dem Verlust.
Dem Jammerbild die Krone aufzusetzen,
Begegn' ich eben in der Rathhaushalle
Des Bürgermeisters Töchterlein Mechthildis.
Sie trauert um den heißgeliebten Vater,
Den Melac, der Vandale, niederstieß.
Des Mädchens Unglück geht mir sehr zu Herzen,
Und kaum erwehrt mein Mitleid sich der Thränen.
Crequi. Mein liebes Kind, ich ehr' Ihr Mitgefühl;
Allein im Kriege geht's nicht anders her.
Unblutig wie ein abgekartet Schauspiel
Sieht nicht ein Feldzug aus in Wirklichkeit.
Das hört sich artig zum Erzählen an,
Erreget angenehm die Phantasie,
Wie siegreich eine heiße Schlacht geschlagen,
Wie stürmend eine Veste ward genommen;
Das blut'ge Kriegsspiel aber selbst durchleben,
Das ist ein Andres und belehret uns,
Der Krieg sei keiner rosenfarb'nen Laune.
Marquise. Rechtfertigt auch der Krieg die Grausamkeit?
Crequi. Zuweilen allerdings, wenn auch nicht immer.

Den Oberst Melac nehm' ich nicht in Schutz,
Das ist ein häßlich grimmer Leichenwolf,
Der sich ergötzt an den erwürgten Opfern,
Der abhold jedem warmen Pulsschlag ist
Und lächeln kann, wo Andre schaudern müssen. —
Doch, holde Freundin, wenden wir den Blick
Von diesem widerwärt'gen Gegenstand
Und lenken das Gespräch auf and're Dinge.
Betrachten Sie den schönen Kaisersaal,
Worin wir uns im Rathhaus hier befinden.
Hier haben oft getagt die deutschen Kaiser,
Umzingelt von den Fürsten ihres Reiches.
Dies ist das Bildniß Kaiser Karl des Fünften.
Ich kenn' es wol das fahle Angesicht.
Vor etwa hundertfünfzig Jahren stand
In diesem Saale auf dem Wormser Reichstag
Das Wittenberger Mönchlein Doctor Luther
Und trotzte als er widerrufen sollte:
„Hie steh' ich, kann nicht anders! Helf mir Gott!"
Die andern Bilder sind mir unbekannt.
Rudolf von Habsburg. Kaiser Rothbart. Heinrich
Der Finkler und wie Alle heißen mögen,
Sind hier gemalt der Reih' nach aufgehangen.
Der Tracht und Leibesgröße nach scheint mir
Dies Hermann der Cherusker wol zu sein,
Er schlug im Teutoburger Wald die Römer.
Der da, ihm beinah' ähnlich an Gestalt,
Ist ohne Zweifel der hornhäut'ge Siegfried,
Der sich gebadet in des Lindwurms Blut,
Den er getödtet unweit einer Quelle,
Der hochberühmte Königssohn am Rhein.

Worms aber, vor uralten Zeiten, ist
Der Sitz gewesen der burgund'schen Kön'ge,
Von denen Einer Siegfrieds Schwager war.
Siegfried, der ächte deutsche Herkules,
Ward meuchlings in der Näh' von Worms erschlagen
Auf einer Eberjagd im Eichenwald.
Er fiel als Opfer eitler Eifersucht
Der Schwäg'rin, der Burgunder-Königin.
Und um der Laune dieses Weibes willen
Kam Unheil über Worms und ganz Burgund,
Weil Helden ohne Zahl verbluten mußten,
Des todten Siegfrieds Manen zu versöhnen.
Marquise. Sie sind gut unterrichtet, theurer Freund,
In der Geschichte dieser rhein'schen Lande.
Crequi. Den Helden aller Lande zollt' ich gern
Von Kindesbeinen Wißbegier und Achtung.
Marquise. Mir wird unheimlich, Graf, in diesem Saal.
Ich fürchte jeden Augenblick, die Helden,
Die mit den Schwertern hier umgürtet steh'n,
Erhöben, aufgescheuchten Geistern gleich,
Von ihren Plätzen sich und drohten uns,
Den Einbruch in ihr Heiligthum zu strafen.
Crequi. Mein süßes Herzchen, geh'n wir eilig weiter,
Um der Gespensterfurcht nicht Raum zu geben.
Marquise. Ja, geh'n wir aus dem Regen in die Traufe.
(Sich an ihn schmiegend. Heimlich)
Mich lüstet, in der Todtengruft im Dom
Zu schau'n den ausgestellten Bürgermeister.
Crequi. Warum nicht gar! Viel besser trinken wir
Auf seiner Seele Heil Liebfrauenmilch.
(Beide ab.)

Sechster Auftritt.
Mechthildis.

Lammherz'ge klügelnde Bedächtigkeit,
Die Euch die Hände in den Schooß gelegt,
Wie es die Amm' unmünd'gen Kindern thut,
Du trägst schon Deine bitterbösen Früchte!
Landsleute, weh'; was ist aus Euch geworden?
Die Bestgesinnten schmachten eingekerkert,
Der Andern willenloser Haufe läßt
Sich duldsam spannen in das Sclavenjoch.
Der Feinde wiehernd Hohngelächter bringt
Wie scharfer Messerstich in Ohr und Herz.
O dieser ausgedachten Grausamkeit!
Die armen übertölpelten Gesellen
Sind angehalten, selbst mit eignen Händen
Die stolzen Zierden ihrer Vaterstadt,
Denkmale goldener Vergangenheit,
Die Werke deutscher Kunst und deutschen Fleißes,
In einen Trümmerhaufen umzuwandeln!
Ihr hundert hehren Thürme, die so ernst
Emporgeragt in stiller Majestät,
Ihr sinket hin auf ewig in den Staub,
Und jede Sage, welche liebevoll
Sich seit Jahrhunderten ihr Schwalbennest
An Eure Erker, Eure Zinnen baute,
Geht mit Euch unter, wird mit Euch vergessen! —
Wer hat dies Fluchgeschick heranbeschworen?
Hat Gott die ewigen Gesetzestafeln,
Darauf geschrieben steht von Anfang her:
„Vergänglich soll auf Erden Alles sein"

Herausgestellet vor die Himmelspforten,
Daß es ein abgefall'ner Engel läse,
Der mit der Sense der Zerstörung nun
Sich unheilschnaubend aufgemacht und hier
Am Wonnegau des Rheines stehen blieb,
Wo reiche Aernte ihm entgegenlachte?
Wo er in schadenfrohem Ungestüm
Seinen entsetzlichen Beruf erfüllt
Und eine Saat beneidenswerthen Glückes,
Rosiger Unschuld grausam niedermäht? —
Nein, blinde Laune nicht gebährt das Elend;
Es ward verschuldet! Ja, die Missethat
Allein, sie ist die Mutter aller Uebel!
Und Wer dem Missethäter nahe steht,
Muß mitersulden, daß der Blitz des Himmels
Der reinen Stirne Locken ihm versenge!

Siebenter Auftritt.

Mechthildis. Bertold.

Bertold (tritt ungesehen ein und verharrt schweigend einen Augenblick). Mechthildis!

Mechthildis (wendet sich erschreckt ihm zu). Du hier, Bertold? Wehe Dir!
Von Allen solltest Du mir nicht begegnen;
Denn Du bist Jener, der den Blitz des Himmels
Von seinem Haupt auf meine Locken lenkte.

Bertold. Mechthildis, wenn auch schuldbeladen und
Befleckt ich vor Deinem reinen Aug'
Erscheine, gönne dennoch mir ein Wort,
Das mein Vergeh'n in milderm Lichte zeigt.

Mechthildis. In milderm Lichte? Blutroth funkelt es

     Wie schauerlicher Nordlichtschein, seitdem
     Zum Letztenmal Du mir begegnet bist.
Bertold. Das fühlt' ich mit entsetzensvollem Bangen,
     Und eben darum mied ich Dein Begegnen.
     Jetzt aber, wo des ersten Todesgrausens
     Sturzwellen langsam sich verlaufen haben
     Und unsres Schmerzes Strom ein Bett gefunden,
     Worin er unaufhaltsam zwar, doch ruhig,
     Gemess'nen Laufs dahin fließt — jetzt erlaub'
     Ich die Gelegenheit, mich Dir zu nah'n
     Und meiner Seele innerste Gedanken
     Freimüthig Deinem Geiste zu enthüllen.
Mechthildis (kehrt sich schweigend ab).
Bertold. Das weiß ich — und es tröstet mich der Glaube —
     Daß keines Schwures und Betheurung es
     Bedarf, Dir Ueberzeugung einzuflößen
     Von meiner völligen Unwissenheit
     Ueber den abgekarteten Verrath
     Des feilen gottvergess'nen Bösewichtes,
     Der mich als Mittel seines Zwecks mißbrauchte.
     Wenn auch von Liebesraserei entflammt,
     Ich würde nie die Hand geboten haben,
     Das Vaterland so schmählich zu verrathen,
     Wär' auch das Herz darüber mir gebrochen.
Mechthildis. Daß Du mit klarbewußter Absicht dem
     Heimtückischen Verrath die Leiter hieltest
     Und kalten Blutes dieses Fluchgeschick
     Den Angehörigen bereiten halfest:
     Daß gerne Worms in Staub Du treten wolltest
     Und meinen Vater an das Messer liefern —
     Das hab' ich freilich nie Dir zugetraut,

Und jetzt auch überstürzt sich mein Verdacht
So weit nicht, bis zum letzten tiefsten Abgrund.
Das aber hab' ich schaudernd eingeseh'n,
Daß ich mich schämen müsse meiner Liebe
Weil Dir kein Mannesherz im Busen schlägt,
Weil ein leichtfert'ger Knabe Du gehandelt,
Weil Zucht und Ehre Dir ein Wortschall sind.
Bertold. Nicht so, Mechthildis! Schmett're nicht auf's
 Neu'
Die volle Wucht des Vorwurfs mir entgegen.
Wie draußen in dem Lager der Franzosen,
Wo Du gebrandmarkt als Verräther mich.
Nein, nicht zum Zweitenmale trüg' ich das!
Mechthildis. Verrath ist es gewesen immerhin,
Den Du am Vaterland begangen hast,
Weil hinter Deines edeln Meisters Rücken
Und seinem ausgesprochnen Wort entgegen
Du mit dem Feind in Unterhandlung tratest.
Bertold. Bethört von Liebe war mein Urtheil krank.
Den Blick voll Sehnsucht nur nach Dir gerichtet,
Konnt' ich die Tragweite nicht ermessen
Des pfeilgeflügelten Geschehnisses. —
Sieh', tratest Du besonnen mir entgegen
Als ich wildstürmisch Dich zu retten kam,
Mit einem Auge der besorgten Liebe,
Und flüstertest mit wehmuthweichem Tone
Mir Dein Befürchten, Deine Warnung, Mahnung,
Ich wäre sonder Zweifel umgekehrt
Auf dem betret'nen unheilvollen Pfad
Und hätte leichtlings noch den Schlag verhütet,
Den schwül geheimnißvoll die Wetterwolke

In ihrem Schooſe langſam näher trug.
Statt deſſen goſſeſt Du die volle Schale
Der bittern Wermuth auf mein ſträubend Haar,
Stießeſt im Zornes-Ausbruch mich von Dir
Und gabſt den grimmen Geiern der Verzweiflung
Mein zuckend angſtbeklommen Herz zum Raube.

Mechthildis. Thor, wehmuthweich mag kranke Liebe lispeln,
Mir aber hatte Haß die Bruſt durchglüht,
Und in gerechtem Unmuth griff ich raſch
Nach jedem harten Worte, das Dir ziemte.

Bertold. Und trat nicht ſanftvermittelnd der Gedanke:
Daß Liebe nur zu Dir mich irrgeführt,
Zwiſchen den Groll und ſeinen Gegenſtand?
Abwehrteſt Du hartnäckig die Verzeihung?

Mechthildis. Wärſt Du ein Weib, ich könnte Dir ver-
zeih'n;
Dem ſchwachen Manne kann ich nie vergeben.
Und wär' ich nicht die Tochter meines Vaters,
Ich würde minder ſtreng geſinnet ſein.

Bertold. Wol weiß ich, daß an Muth und hohem Sinn
Du Dein Geſchlecht weit überflügelt haſt;
Und eben dieſe hohe Meinung war es,
Die meine Liebe zur Bewund'rung hob,
Die mein Gefühl geſteigert zur Anbetung.
Erinn're Dich, wie raſtlos unverdroſſen
Um Deine Neigung ich geworben habe,
Wie mich die erſten Blüthen Deines Herzens
In einen Liebesfrühling hingezaubert,
Wie keinen anderen Beruf mein Leben
Mehr kannte, als nur Dir zu huldigen,
Zu dienen Dir, die Seele Dir zu weih'n.

Kann Liebe zürnen, wenn der Liebende
Im Feuereifer ihr Gebot nur hört
Und taub für jeder andern Gottheit Stimme?
Ist wahre Liebe nicht voll Eifersucht
Auf jeden Trieb des Herzens und Gedanken,
Der andre Güter, andres Glück erstrebt,
Als den ureinen süßen Himmelsschatz,
Den sie verschwenderisch zu eigen gibt?
Hab' ich gefrevelt an der Liebe? Nein!
Gesündigt mag ich haben an der Weisheit,
Der Klugheit, ruhiger Besonnenheit
Und mußte büßen für den Unverstand
In der Erkenntniß allen Unheils, das
Ich angerichtet; aber meine Gottheit,
Der noch kein Schlag des Herzens untreu wurde,
Darf mir nicht zürnen, hat kein Recht zum Groll;
Und wenn mich Alles abhold von sich stößt,
Die Liebe soll und muß Asyl mir geben!
(Er sinkt heftig bewegt vor ihr nieder.)

Mechthildis (ernst und ruhig).

Steh' auf. Du sollst nicht knieen. — Hör' mich an.
Die Liebe möchte wol Asyl Dir geben
Wenn Du mit Fleh'n sie nur erreichen könntest.
In meinem Busen aber wohnt sie nicht;
Und war sie eh'mals hier ein trauter Gast,
So ist an bitterm Grame sie gestorben.
Die heil'ge Flamm' auf dem Altar der Liebe
Ward ausgelöscht von meines Vaters Blut.
Du mühest Dich umsonst, sie anzufachen.
Mechthildens Lieb' ist wie ihr Vater todt.
(Sie geht langsam ab.)

Bertold (sieht ihr schmerzlich nach und entfernt sich alsdann nach der andern Seite).

Achter Auftritt.
Crequi. Melac.

Crequi. Fürwahr, Sie dünken besser Sich berichtet,
 Herr Oberst Melac, als Ihr Vorgesetzter.
Melac. Mein General, ich weiß es zuverlässig,
 Daß Deutschlands Fürsten im Vereine sich
 Gerüstet und mit einer großen Macht
 Am Rheine drohend bald erscheinen werden.
Crequi. Besolden Sie auf eigne Faust Sendlinge,
 Die brühwarm ihre Kundschaft hinterbringen?
Melac. Was ich erfahren, theil' ich Ihnen mit.
Crequi. Und wenn es wäre, wenn die Deutschen kämen,
 Wir haben unser Pulver nicht verschossen,
 Und ohne Scharten schneiden uns're Schwerter;
 Ich werde nicht zum Rückzug blasen lassen.
Melac. Das hab' ich nicht befürchtet, General;
 Allein ich kenne des Ministers Meinung,
 Wie der errung'ne Vortheil zu behaupten,
 Wie den Gefahren zu begegnen sei.
Crequi. Was Sie nicht Alles wissen, Oberst Melac.
 Ich bin begierig zu erfahren, wie
 Der Staatsmann Louvois den Feldzugsplan
 Mit Ihrer Klugheit abgeredet hat?
Melac. Einleuchten muß es dem erfahr'nen Kriegsmann,
 Daß unsre Kraft wir nicht zersplittern dürfen
 Und alle Plätze, die am linken Rhein
 Wir eingenommen, nicht besetzen können.

Crequi. Dies einzusehen, braucht man weder Cäsar
 Zu sein, noch Hannibal, noch Alexander.
Melac. Wie aber alle deutschen Städte hier
 Am linken Rhein dem Feinde vorenthalten?
Crequi. Im off'nen Feld preisgeben wir die Städte;
 Der Sieger aber rücket wieder ein.
Melac. Bedenklich bleibt es, einen mächt'gen Feind
 In Freundes Land Quartier bezieh'n zu lassen.
Crequi. Soll ich's verhindern, muß mir Louvois
 Ein zweites Heer noch zur Verfügung stellen.
Melac. Ich weiß ein Ding so mächtig als ein Heer.
Crequi. Was Sie da sagen! Und wie heißt das Ding?
Melac. Brandfackel oder Pechkranz, wie Sie wollen.
Crequi. Brandstiftung?! Melac, das ist Ihr Gedanke.
Melac. Nein, des Ministers — und des Königs Wille.
Crequi. Des Königs Wille, Melac? Nimmermehr!
Melac. Des Königs Wille, Louvois' Befehl.
Crequi. Mordbrenner sollt' ich werden? Nein, bei Gott,
 Der Graf von Crequi schändet nicht sein Haus!
 Ich will auf meinen Namen, auf mein Wappen
 Kein Brandmal drücken. Mag der Muselmann
 Den Pechkranz leuchten lassen, mit dem Halbmond
 Wetteifernd, mag er seine Spur bezeichnen
 Mit rauchenden Brandstätten ohne Zahl;
 Ich geb' mich nicht zu solchem Handwerk her,
 Das die Soldatenehre brandmarket. —
 Was haben denn die Tausende von Bürgern
 In Worms und all' den blüh'nden rhein'schen Städten
 Verbrochen, daß wir obdachlos hinaus
 In's Elend, in den Hungertod sie jagen?
 Erbärmlich! Unerhörte Grausamkeit!

Pfui über solche gräuelvolle Feigheit!
Nein, eher laß' ich mir die beiden Händ'
Abhau'n, bevor ich die Mordbrennerfackel
Zur ew'gen Schmach damit ergreifen muß!
Melac (der regungslos steh'n blieb, indessen der Graf erregt auf
und nieder ging).
Wenn Sie der Rolle überdrüssig sind,
Die Sie in diesem Drama spielen müssen,
So treten Sie vom Schauplatz ab, Herr Graf.
Crequi. Herr, wer berechtigt Sie zu diesem Tone?
Gehorsam will ich, keinen Rath von Ihnen;
Und wehe, Melac, wenn nach eigner Willkür
Sie einen Fuß breit von dem Pfade weichen,
Den ich gebieterisch vorzeichnen werde!
Melac. Das wird sich finden.
Crequi. Wird sich finden, Oberst?
Und wenn zur Stell' ich Sie verhaften lasse?
Melac. Dann halt' ich Ihnen dies Papier entgegen,
Das Ihr erhitztes Blut besänft'gen wird.
Crequi (überfliegt das Papier, staunt über den Inhalt und mißt
einige Augenblicke lang mit funkelndem Auge den Oberst, der
kalt seinen Blick aushält).
Das also, Melac, haben Sie erreicht?
Im Solde des Ministers als Spion
Sind Sie gefolgt bislang mir auf der Ferse
Und trugen in der Tasche schon die Schlinge,
Die um den Hals geknüpft mir werden sollte
Wenn ich des Henkeramts mich weigern würde?
O der Hanswurstenrolle, die ich spielte!
Ja, jetzt durchschau' ich des Ministers Arglist.
Mein Degen und mein Name waren gut,

Dem Heer voranzuleuchten in dem Feldzug,
Den der bedrohte Günstling angestiftet.
Jetzt aber, wo der hohe Preis errungen,
Da Worms, die stolze Königin am Rhein,
Zu Frankreichs Füßen hingeworfen liegt
Und wehrlos abgeschlachtet werden soll,
Jetzt bin ich überflüssig allerdings
Und eines Melac nur bedarf es noch.
Das Wild ist eingefangen und der Jagdknecht
Gibt ihm den letzten Fang, daß es verendet.

Neunter Auftritt.
Crequi. Marquise. Melac.

Marquise (erst nur den Kopf zur Thür' hereinsteckend).
  Darf man den Kriegsrath unterbrechen, Graf?
Crequi. Mein Kind, wir waren Beide schlecht berathen
Als den Minister wir erwartet haben
Zu einem Glase Liebfrau'nmilch in Worms. —
Ich nehme heut' noch Abschied von dem Heere,
Verkünd' ihm, was des Königs Wille heischt
Und lege nieder meinen Feldherrnstab. —
Marquise, nach Italien werd' ich reisen
Und hoffe, einen Trost mit mir zu nehmen.
  (Er reicht ihr den Arm und führt sie ab.)

Zehnter Auftritt.
Melac (allein).

Geh' Deines Weg's nur, zahmer Weiberheld,
Der ohne Blutvergießen siegen möchte,
Der Liebesflammen trefflich schüren kann,
Dem aber in die Höslein fällt das Herz

Wenn's eine Stadt in Brand zu stecken gilt. —
Worms, Deine letzte Stunde hat geschlagen!
Ich äschre Dich wie einen Strohmann ein.

(Ab.)

Fünfter Aufzug.

Platz vor dem Rathhause.

Erster Auftritt.

(Trommelwirbel hinter der Scene, der sich später in größerer Entfernung wiederholt und zum drittenmale kaum hörbar ist.)

Schwertzunftmeister. Schusterzunftmeister.

Schusterz. Herr Schwertzunftmeister, seid Ihr losgekommen?
Schwertz. Ich bin's und weiß kaum selber wie's geschah.
Die Thüren vom Gefängniß wurden plötzlich
Sperrangelweit geöffnet, aufgerissen,
Und den Gefang'nen allen angekündigt,
Sie möchten hurtig nur zum Teufel geh'n
Wenn sie nicht hier zu Tod' ersticken wollten.
Das ließen wir uns denn nicht zweimal sagen,
Und wie aus einem Hühnerschlag am Morgen
Beim Oeffnen wenn zum Füttern wird gerufen
Das gackernde Geflügel 'raus sich drängt, —
So preßte das Gesindel Kopf an Kopf
Sich aus dem Kerker an die freie Luft.
Schusterz. Was mag denn wieder nur dahinter stecken?
Schwertz. Wer weiß! Vielleicht sind mit der Schelmenbande
Nur aus Verseh'n die unbescholt'nen Leute,

Die auch gefangen faßen, freigekommen.
Was hat der Trommelwirbel zu bedeuten?
Schusterz. Wol die Verkündung eines neuen Unheils.
Schwertz. Wir wollen näher geh'n, es zu erfahren.
Schusterz. In Gottes Namen. Aber hütet Euch,
Auf's Neu' unwirsch zu lecken g'en den Stachel.
Schwertz. Sie werden uns nicht freßen, Hasenherz.
(Beide ab.)

Zweiter Auftritt.
Kaufhold. Zwei Rathsherren. Wache.

Kaufhold. Ich fag' Euch, werthen Freunde, Alles wird
Gar bald im alten Gleife wieder friedlich
Wie füßer Müßiggang fich fortbewegen.
Die Kinder find auf kurze Zeit verblüfft
Weil man mit neuem Namen fie anruft.
Aus Deutschen find Franzofen wir geworden.
Was ift dabei? Sind wir verftümmelt worden?
Wie, oder müßen auf dem Kopf wir geh'n?
Ift uns der Wein verboten? Sind befchränkt
Wir in der Wahl der Speifen, die wir lieben?
Sind wir nicht noch die Alten, die wir waren,
Und reden, fühlen, denken wie vorher?
Wozu dies vaterländifche Gewinfel?!
Ich wiederhol' es Euch, die Kinderei,
Das unverftändige Gebahren wird
Am Ende fein, eh' man die Hand umdreht.
In ein'gen Wochen fchon wird jeder Bürger
Sein Haupt entblößen wenn er mir begegnet.
Ein Weilchen fpäter grüßen fie mich freundlich,
Und find erft völlig nüchtern fie geworden,

Dann bin ich ihr geliebter Bürgermeister,
Den sie frohlockend auf den Händen tragen.
Ich kann getröstet mich zu Bette legen
Und Morgens guten Muthes wieder aufstehn,
Das Glück mit vollen Backen lacht mich an!
Und wahrlich meine Bürgermeisterwürde
Wär' mir nicht feil um einen Fürstenhut!
Bald sollen meine treuen Freunde sich
In meines Glückes Schein behaglich sonnen.
Wenn meine Wahrsagung sich nicht erfüllt,
So will heut' Abend keinen ganzen Knochen
In meinem Körper ich nach Hause tragen.
Darum schlagt Eure Sorgen in den Wind.

Dritter Auftritt.
Vorige. Spielberg.

Spielberg. Was hat das zu bedeuten, Bürgermeister?
Die Widerspenst'gen, die wir eingesperrt,
Sie laufen Alle wieder frei herum.
Mit eignen Augen hab' ich es geseh'n.
Kaufhold. Wer hat ihn aufgethan, den Bürgerhof?
Wer ohn' mein Wissen ihn entriegeln dürfen?
Dahinter lauert schändlicher Verrath!
Spielberg. Es ist mir unerklärbar. Aber seht,
Da kommt der Oberst Melac mit Gefolge.
Wir können unverzüglich es ihm klagen.

Vierter Auftritt.
Vorige. Melac, gefolgt von Offizieren und Wache.

Kaufhold. Herr Oberst, ein Ereigniß ohne Gleichen:
Die Kerker sind von unberufner Hand

Geöffnet, die Verbrecher frei und lebig.
Es treffe Tod die schimpflichen Verräther!
Melac. Beruhigt Euch darüber, Bürgermeister.
Die Lumpe mögen alle lustig laufen
Und einen frohen Tag sich heut' bereiten.
Ich selber ließ die Kerkerthüren sprengen.
Kaufhold. Ihr, Oberst? Gab der edle Graf von Crequi
Euch die Befugniß? Unklug ist's gehandelt.
Ich muß den Grafen auf der Stelle sprechen.
Melac. Alsdann bemüht Euch nach Italien, Herr.
Der edle Graf ist eben abgereis't.
Lebt wohl, Herr weiland wormser Bürgermeister.
Der Wache habt Ihr weiter nicht vonnöthen.
Nur schnell zum Thor hinaus, Ihr schwitzet sonst.
Hört ihr den Trommelwirbel in der Ferne?
Die Kunde wird den Bürgern ausgetrommelt,
Daß Worms in glüh'nder Asche liegen soll.
(Ab mit seinem Gefolge. Die Rathsherren ebenfalls.)

Fünfter Auftritt.

Kaufhold (allein).

So mag's am andern Tage Judas wol,
Nachdem verrathen seinen Meister er,
Zu Muth gewesen sein wie eben mir.
Kein Teufel da, der einen Strick mir gäbe?
Für einen Strick die Bürgermeisterwürde! —
Verrath zum Dank gesättigt mit Verrath.
Nicht mehr als billig, wackrer Bluthund Melac! —
Da läßt er mich, den neuen Bürgermeister
Von einem Aschenhaufen, trostlos steh'n.
Sogar die Wache nimmt er mir hinweg,

Die mich beschirmt vor dem erbosten Volk,
Das jetzt noch grimmiger nach meinem Blute,
Voll glüh'nden Tigerdurstes, lechzen wird. —
Bertold, ich fluche Deinem rothen Golde,
Womit ich das Liebfrauenthor geöffnet!
Ich fluche jener Dirne glatten Reizen,
Die dem Verrath erst Leben eingehaucht!
Ich fluche meinem unvernünft'gen Ehrgeiz,
Der mich gestachelt, meiner Pfiffigkeit,
Die mich behutsam an das Ziel geführt,
Woran ich mir die Füße jetzt verbrenne! —
Horch! Dumpfes Jammern! Hohles Wuthgeschrei!
Sie wissen die Entsetzensbotschaft schon,
Die nackt und hülflos sie von hinnen schreckt.
Wohin mich retten? Wo verberg' ich mich
Vor ihres Wahnsinns scharfen Eisenkrallen?
O daß der Erdball auseinanderklaffte
Zu meinen Füßen und hinab mich würgte!

(Ab.)

Sechster Auftritt.

Schwertzunftmeister. Schuster- und Bartscheerzunftmeister nebst Volk.

Schwertz. Jetzt steh'n die Hämmel an dem Berge und
An einem feuerspei'nden obendrein!
Das haben wir von unsrer deutschen Langmuth.
Wär'n damals wir gleich angeschoff'nen Bären
Beim Todesröcheln unsers Bürgermeisters
Hinein gerafet in des Feindes Reih'n,
Wir hätten sie mit unsrer wilden Wuth
Vielleicht hinausgeworfen aus der Stadt;

Im schlimmsten Falle wären wir gestorben
Wie's Männern ziemet für das Vaterland.
Ihr aber staubet da wie bange Buben,
Die ihre Höslein sich besubelt haben.

Bartscheerz. Ihr habt leicht sterben, Schwertzunftmeister,
                                             denn
Ihr lebet unbeweibt und kinderlos.

Schwertz. Habt Ihr etwa gesorgt für Weib und Kind
Mit Eurer Feigheit? Besser ständen sie
Als Waisen um den Todtensarg des Vaters,
Statt daß sie betteln müssen in der Fremde.

Schusterz. Es ist ein herzzerreißender Gedanke!
Noch steh'n die Meisten starr vom ersten Schreck.

Schwertz. Das Jammern wird erst angeh'n, wenn die
                                             Flammen
Auf unsern Dächern ungehindert tanzen.
O daß ein Wolkenbruch die Stadt ersäufte
Mit Mann und Maus, mit Freunden und mit Feinden!

Bartscheerz. Die armen Kinder! Es ist grenzenlos —!

Schusterz. Wir haben's nicht verschuldet, guter Gott!

Schwertz. Und keine Hülfe! Nirgend eine Rettung!
Es ist erbärmlich; mit gebund'nen Händen
Sich und die Seinigen mißhandeln seh'n!

Siebenter Auftritt.

Vorige. Backzunftmeister und mehrere Bürger führen
gewaltsam Kaufhold heran.

(Rasches Sprechzeitmaß.)

Backz. Reißt an den Haaren ihn zu Boden, den
Verräther, und erwürgt ihn auf der Stelle!

Alle. Ha, der verrätherische Statthalter!

Kaufhold (schreckensbleich).
  Mitbürger, habt Erbarmen! Euer Bestes
  Hab' ich gewollt und bin betrogen worden.
Bartscheerz. Still, Hund, sonst schneid' ich Dir die Lü=
                                        genzung'
  Aus Deinem Halse!
Schusterz.   Martert ihn zu Tod'.
Backz. Bindet ihm einen räub'gen Hund an Hals
  Und senket Beide in den Rhein hinunter.
Schwertz. Nein, sträuben würde sich der ärgste Hund
  Auf's Aeußerste, mit diesem Scheusal da
  Zusammenkoppeln sich zu lassen, und
  Der Rhein auch möchte seiner sich entleb'gen
  Und spie' ergrimmt an's Ufer ihn lebendig,
  Um nicht befleckt von seiner schwarzen Seele
  Zu werden und auf immerdar vergiftet.
Schusterz. So sengt und röstet ihn am ersten Feu'r.
Backz. O nagelt an der Rathhausthür' ihn an
  Und mag lebendig langsam er verbraten.
Schwertz. Nein, am Liebfrauenthore steinigt ihn.
  Dort hat er uns verrathen und dort liegen
  Die Trümmersteine des gewalt'gen Thurmes.
  Dort soll in seinem Blut er röchelnd liegen!
Alle. Ja, am Liebfrauenthore steinigt ihn!
                                    (Alle ab.)

Achter Auftritt.
Melac, gefolgt von Offizieren und Soldaten.
Melac. Wir haben keine Stunde zu verlieren.
  Prinz von Oranien naht mit seinem Heer
  Im Eilmarsch, um das Rheinland zu erretten.

Er darf nur eine große Brandstätt' finden.
Zwölfhundert Fackelträger sind in Arbeit,
Die Häuser anzuzünden, und ich hoffe,
Weil Wind und Witterung mir günstig scheinen,
Daß hurtig das Geschäft von Statten geht.
Wir wollen drüben auf der Maulbeerau,
Der großen Insel in des Rheines Mitte,
Das selt'ne Schauspiel uns betrachten. Geh'n wir.
(Alle ab.)

Neunter Auftritt.

Männer, Frauen, Kinder flüchten (nach geschickter Anordnung) über die Bühne.
Ein Trupp Fackelträger zieht vorüber.

Zehnter Auftrit.

Mechthildis.

Wie eine Schlange folget das Entsetzen
Mir auf der Ferse! — Grimmerfüllt Geschick,
Mußt Du den letzten Deiner Zornespfeile
Herab auf diese unglücksel'ge Stadt
Versenden? War im weiten Reich der Schöpfung
Kein andrer Fleck für Dein Geschoß mehr übrig?
Muß denn nach allen Leiden die Vertilgung
Noch gähnen mit dem Schreckensrachen nach
Dem Opfer, der unsel'gen Kaiserstadt?!
Sind wir von Gott erkläret in den Bann,
Geächtet, preisgegeben, vogelfrei?
Der Geißel des entmenschten Wütherichs
Anheimgefallen Greise, Frauen, Kinder —
(In die Scene blickend)
Ach, eine unabsehbar große Heerde,

Die angſtgeſcheuchet vor dem Ungethüm
Sich flüchtet, das die grimmen Zähne fletſcht!
Mit aufgelöſtem Haar, den Säugling an
Die Mutterbruſt gepreſſet, leichenblaß,
Schwankt dort ein Weib hin, hinterdrein zwei Knaben,
Die einen ſilberlockigen Greis geleiten.
Eilt, Alle! Eilet, eh' die Feuerflut
In wilden Wogen angeſchwollen kommt
Und Euch in ihrem glüh'nden Schoos begräbt! —
Sieh, dort aus dem Dachfenſter recket ſchon
Ein Höllenſohn mit wilder Schadenfreude
Die gelbe Flammenzunge weit heraus.
Sie lecket an dem Nachbargiebel hin,
Wo eine andre ihr entgegen züngelt.
Wie Rachegeiſter mit den Feuerbränden
Rennt eine Schaar Mordbrenner auf und nieder!
Weh', das Verderben hat ſich aufgerafft
Und unaufhaltſam geht es ſeinen Gang!

Elfter Auftritt.
Mechthildis. Bertold.

Bertold. Mechthildis, Deinethalben eil' ich her!
Wenn auch die theuern Bande ſind gelöſt,
Die aneinander uns gefeſſelt haben,
Gönne mir doch den letzten Liebesdienſt,
Dich aus dem Wirrſal, aus dem Todesgraus
Hinüber an das ſich're Ufer zu
Geleiten. Dies ſei meine letzte Bitte.
Erhöre ſie. Sei meinem Fleh'n nicht taub.
Es ſchlängelt ſchon ein heißer Flammengürtel
Sich um die gottverlaſſ'ne Kaiſerſtadt,

Die halb in Schutt und Trümmern liegen wird.
Es wälzt ein Menschenknäul von Flüchtlingen
Hinaus in's Freie sich mit Angstgeschrei,
Und eh' der Sand verrinnet in der Uhr
Vertreten Feuersäulen überall
Den Weg Dir und unmöglich ist die Flucht.

Mechthildis. So seh' ich's kommen. Worms ein zweites Troja.
Und wie um Helena, das schöne Weib,
Einst jene Weltstadt trauernd fallen mußte,
So hat Mechthildis, wenn auch willenlos,
Weil sie Dich Liebetrunkenen geblendet,
Den Riegel dem Verderben aufgethan,
Das grausig jetzt hereinbricht über Worms.

Bertold. Mechthildis, ach, miß keine Schuld Dir zu,
Engel der Unschuld, keuschen Seelen-Adels,
Den keines Vorwurfs Hauch nur trüben darf.
Den Einen, der uns Alle schnöd verrathen,
Hat sein verdient Geschick bereits ereilt,
Die Bürger haben ihn zu Tod gesteinigt.
Ich aber hatte den Verrath besoldet
Und trage eine Schuld, die nie zu sühnen.
O wenn ich den Gedanken rasen lasse,
Wälzt eine See von Qualen sich heran,
Darin der Sturm wühlt, eine wilde Brandung,
Die mich vom Ufer wegspült und gewaltsam
Hinunter in den Höllenstrudel reißt!

Mechthildis. Nicht wir allein, ganz Deutschland trägt die Schuld.
Seit unnatürlich sich die Bruderstämme
Im dreißigjähr'gen Krieg befehdet haben

Und Gottes Namen, eines Friedensgottes,
Zum blut'gen Losungswort entheiligten,
Seitdem hat eingenistet sich der Fluch
Und wächst wie Schlingkraut fort im Vaterland.
Die deutschen Fürsten und die deutschen Völker
Sind lieblos von einander abgefallen
Und Jeder wandelt seinen eignen Weg.
Die Feinde Deutschlands aber nützen abhold
Den Zwiespalt, das unselige Zerwürfniß,
Und bröckeln von des Reiches hohem Dom
Ein Stücklein nach dem andern, einen Stein,
Bis untergraben er zusammenstürze.
So ward die Säule Straßburg abgerissen,
So sinkt Worms, das herrliche Portal.
Nur eine Gottheit kann den Fluch versöhnen,
Sie heißet: Deutsche Eintracht, deutscher Sinn!
Und muß nun heute schwer bedeutungsvoll
Dieselbe Stadt, darin die Kaiseracht
Verhängt ward über einen Glaubenshelden,
Die Stadt, woraus die erste Feuerfackel,
Die den Verheerungskrieg entzündete,
Geschleudert worden in das Vaterland —
Muß heute Worms, die stolze Kaiserstadt,
Als Sühnungsopfer selbst in Flammen steh'n;
So möge unser Aller Vater droben
Die Schuld der Ahnen als getilgt erachten
Und segnend seine Gotteshände breiten
Ueber die heimgesuchten deutschen Gaue;
Er möge das Gefühl der Bruderliebe
Mit Seinem Odem wieder neu beleben,
Auf daß bis an der Zukunft ferne Grenze

Unüberwindlich sei das freie Deutschland!
In späten Tagen, wenn von Schmerz erfüllt
Des Vaterlandesfreundes Blick sich heftet
Auf diesen brandgeschwärzten Trümmerhaufen,
Dann steige die Vergangenheit empor.
Und lehre mit beredtem stummen Munde,
Daß Deutschlands Enkel sollen einig sein
Und niemals, niemals wieder es erdulden,
Daß eine Scholle deutscher Muttererde,
Daß eine Blume, die am deutschen Rhein
Erblüht, in die Gewalt des Feindes falle;
Denn unterjocht ist auch ein Volk entadelt,
Und besser todt sein, als geknechtet werden!

Bertold. Schon einmal riefest Du dies stolze Wort
Mir zu, als ich im Feindeslager, ein
Zerknirschter Sünder, reuig stand vor Dir,
Der deutschen Jungfrau mit dem Heil'genschein.
Der reinsten Tugend um das Engelhaupt.
Doch siehe, jetzt bedroht uns keine Knechtschaft,
Nur Armuth winket, welche nicht entadelt;
Und darum säume nicht, das theure Leben,
Das erstgebot'ne und das höchste Gut,
Das einem Staubgebor'nen ward verlieh'n,
Zu retten vor dem nah'nden Flammentod.

Mechthildis. Wenn Dein Vergehen Du zu sühnen trachtest,
So schüttle jeden anderen Gedanken
Von Deinem Herzen und ermanne Dich.
Tritt in die Reihen deutscher Freiheitshelden,
Die zornerglüht mit weh'nden Fahnen kommen,
Dem eingedrung'nen Feind in diesem Gau
Den Kampf auf Tod und Leben anzubieten

Und mit dem Blute der Mordbrennerbande
Die letzte Glut zu löschen, die noch unter
Der Asche glimmet Deiner Vaterstadt.
Bertold. Du aber, rede, was willst Du beginnen?
Mechthildis. Ich will mit Worms in Staub und Asche
sinken.
Bertold. Mechthildis, welch' ein gräßlicher Entschluß!
Mechthildis. Versuch' mit Worten nicht, ihn zu er=
schüttern.
Bertold. Dem Feuertode preis Dich geben? Nein!
Mechthildis. Ich steh' und falle mit der Vaterstadt.
Bertold. Treibt Dich der Groll zu diesem Aeußersten?
Kann keine fleh'nde Bitte Dich versöhnen?
Willst Du dies Brandmal ewiger Verzweiflung
Aufdrücken meiner tiefgebeugten Seele?
Denn unvergänglich nagte ja der Vorwurf
An meinem Herzen, daß ich einen Engel
Mit fluchbelab'ner Faust in's Feuer würfe,
Weil ich, kein Anderer, Dein Mörder wäre.
Laß einen Funken Deiner frühern Liebe
Dein starres Herz in Mitgefühl aufthau'n!
Gedenke all' der schönen Rosentage,
Die wir verlebt im holden Lenz des Glückes.
Unwiederbringlich ist er mir verblüht.
Ich steh' verarmt in einer weiten Wüste.
O raube mir mit kalter Grausamkeit
Den letzten Stab nicht, der mir übrig blieb,
Den letzten Stral des Trostes, der mir leuchtet:
Wenn ich vom Tode Dich gerettet weiß.
Mechthildis. O könntest Du in meiner Seele lesen,
Du würdest nicht der Rede Hauch vergeuden!

Kein Groll mehr wohnet mir im stillen Busen.
Erschöpft ist wie die Hoffnung so die Furcht,
Zu seinem letzten Abschluß kommt der Schmerz.
Das Vaterland war mir das höchste Gut,
Mein tiefstes Leben wurzelte in ihm;
Um seinetwillen hab' ich Dich verläugnet
Und meiner Liebe Keime selbst zerstört —
So will ich auch mit Worms begraben sein. —
Ich geh' in's Rathhaus. Folge mir nicht nach;
Denn hinter meinem Rücken schließ' ich ab,
Lasse zum letztenmal den Riegel fallen.
Der Kaisersaal sei meine Sterbestätte.
Dort wo als Kind die ersten Athemzüge
Der vaterländischen Begeisterung
Den jungen Busen freudig mir geschwellt,
Dort will ich eine deutsche Jungfrau sterben
Als treue Hüterin vom alten Worms,
Der theuern Stadt, die meine Mutter war. —

(Umblickend)

Rück' näher, immer näher an, Legion
Der Rache-Engel mit den Stralen-Flügeln!
Umzingle nur die greise Königin,
Die vielbesungene des Wonnegau's!
Beschütte sie mit gold'nen Feuerflocken!
Ein Sternenmantel sei ihr Sterbekleid!
Bleib' ungerührt von ihrem Schwanenlied!
Viel besser lodert sie in Flammen auf,
Als daß dem Fremdling sie leibeigen würde!
Dort will ich einsam steh'n im Bilbersaal,
Umringt nur von den stummen Heldenkaisern.
Sie werden dröhnend von den Wänden stürzen

Wenn eine Brandung wilder Flammenfluten
Den Riesenbau in seinem Grund erschüttert,
Bis er in allen seinen Fugen berstend
Zusammenkracht mit donnerndem Gepolter!
Und wenn alsdann das Feuermeer sich wälzet,
Vergebens noch nach einem Opfer suchend,
Ueber den unabsehbar'n Trümmerhaufen —
Dann kniet Mechthildis an dem Throne Gottes
Und betet für das deutsche Vaterland.
(Sie schreitet in das Rathhaus und schließt hinter sich die Thüre.
Bertold folgt ihr bis auf die Stufen, wo er niedersinkt.)

E n d e.

Berichtigung.

Seite 17, Zeile 19, lies: Raufhold anstatt Bertold.
„ 69, „ 3, „ Strohmann anstatt Stohmann.

Berichtigung.

Seite 17, Zeile 19, lies: Kaufhold anstatt Bertold.
„ 69, „ 3, „ Strohmann anstatt Stohmann.